1ª edição - Abril de 2025

**Coordenação editorial**
Ronaldo A. Sperdutti

**Projeto gráfico e editoração**
Juliana Mollinari

**Capa**
Juliana Mollinari

**Imagens da capa**
123RF

**Assistente editorial**
Ana Maria Rael Gambarini

**Revisão**
Érica Alvim
Alessandra Miranda de Sá
Enrico Miranda

**Impressão**
Gráfica Santa Marta

Direitos autorais reservados. É proibida a reprodução total ou parcial, de qualquer forma ou por qualquer meio, salvo com autorização da Editora. (Lei nº 9.610, de 19 de fevereiro de 1998)

Traduções somente com autorização por escrito da Editora.

© 2025 by Boa Nova Editora.

Av. Porto Ferreira, 1031 | Parque Iracema
CEP 15809-020 | Catanduva-SP
17 3531.4444

www.**petit**.com.br | petit@petit.com.br
www.**boanova**.net | boanova@boanova.net

**Dados Internacionais de Catalogação na Publicação (CIP)**
**(Câmara Brasileira do Livro, SP, Brasil)**

```
Carlos, Antônio (Espírito)
   As irmãs Sol / do espírito Antônio Carlos ;
psicografia Vera Lúcia Marinzeck de Carvalho. --
Catanduva, SP : Petit Editora, 2025.

   ISBN 978-65-5806-065-9

   1. Psicografia 2. Romance espírita I. Carvalho,
Vera Lúcia Marinzeck de. II. Título.

25-259600                                CDD-133.93
```

Índices para catálogo sistemático:

1. Romance espírita psicografado    133.93

Eliane de Freitas Leite - Bibliotecária - CRB 8/8415

Impresso no Brasil — Printed in Brazil
01-04-25-7.000

Prezado(a) leitor(a),
Caso encontre neste livro alguma parte que acredita que vai interessar ou mesmo ajudar outras pessoas e decida distribuí-la por meio da internet ou outro meio, nunca deixe de mencionar a fonte, pois assim estará preservando os direitos do autor e, consequentemente, contribuindo para uma ótima divulgação do livro.

# AS IRMÃS SOL

psicografia
VERA LÚCIA MARINZECK
DE CARVALHO
do espírito
ANTÔNIO CARLOS

editora

# SUMÁRIO

Capítulo 1
O parto...................................7

Capítulo 2
A decepção........................... 17

Capítulo 3
O retorno............................... 31

Capítulo 4
Adolfo ....................................43

Capítulo 5
Bênçãos e maldições.......................63

Capítulo 6
Sol + *angel* = Anjo de Sol..........83

Capítulo 7
Solange da Nina..............................97

Capítulo 8
As Solanges.........................107

Capítulo 9
Conhecendo-se ............................... 121

Capítulo 10
A revelação ....................................... 137

Capítulo 11
O acidente ........................................ 149

Capítulo 12
Desafios ............................................ 163

Capítulo 13
No Plano Espiritual ........................ 181

Capítulo 14
Retorno ............................................. 195

# CAPÍTULO 1
## O parto

Adalina, que todos chamavam de Nina, estava inquieta, não estava se sentindo bem naquela tarde calorenta. Estava grávida e completava, nas suas contas e nas de Joca, trinta e sete semanas de gravidez. Por sua barriga estar enorme, estava inchada e ofegante.

A casa em que se encontrava era da parteira, uma mulher que falava pouco, estava sempre séria, Nina ainda não a tinha visto sorrir. O local era muito simples.

"Um barraco", pensou Nina, "seria como eu me referiria na cidade, mas é um lar, o da dona Joca".

Nina observou o local, a casinha consistia num cômodo somente, uma porta que estava na cozinha e não havia janelas. Ao entrar, defrontava-se com uma mesa pequena e três cadeiras, o fogão a lenha e, do outro lado, duas camas: uma, a que estava usando, ocupando, e a outra, a da dona da casa; perto das camas, havia um móvel alto com gavetas e uma cômoda, onde guardava as roupas. Nina havia colocado suas malas embaixo das camas. A latrina ficava fora da casa, a uns dez metros; também fora da casa, havia um tanque. A água que usava era tirada de um poço, uma cisterna, e, para pegá-la, usava um balde amarrado por uma corda.

"Tudo muito de antigamente", pensou a parturiente, "tudo muito precário. Como posso ter meu filho aqui? Mas para onde ir? Dona Joca me trata bem, temos o que comer, eu não estou pagando nada pela estadia, o Adolfo que está pagando. Surpreendo-me com o que me aconteceu. Tudo tão estranho! Rápido! Já pensei, pensei e não encontrei uma solução, é melhor aguardar".

Nina sentou-se numa cadeira, levantou-se após uns minutos, não encontrava posição para ficar. Olhou pela porta, que era a única passagem para fora, e viu Joca pegando água do poço.

"Dona Joca me disse estar com quarenta e cinco anos, porém aparenta ter mais. Ela fala pouco, mas me disse que a avó era parteira, sua mãe também, e que é solteira, mora sozinha e ganha para seu sustento de pessoas que atende e doentes; tem uma horta com muitas plantas que usa para fazer poções, chás e remédios; na horta, também tem hortaliças e um pouco de tudo. Ela é parteira. Adolfo me deixou aqui e ele nos traz alimentos e deu dinheiro para ela para as despesas. Penso também que Adolfo não sabe bem o que fazer, como agir diante de tantos problemas, mas estou esperançosa de que tudo logo se resolva, que esse período passe e que estaremos juntos, nós três, ele, eu e o nosso filho ou filha."

Joca trouxe água para dentro e a colocou numa panela para aquecer.

— Está fazendo muito calor — comentou Joca —, mas estou esquentando água para que tome banho. Mesmo estando quente, você não deve tomar banho com água fria. Depois farei uma sopa para jantarmos.

— Dona Joca, eu não estou bem, não é somente cansaço, me dói a barriga.

— Deixe-me ver.

Joca foi até Nina, que estava sentada, apalpou sua barriga e deduziu:

— A criança não demorará a nascer!

Nina suspirou e pensou:

"Se eu estivesse na cidade iria para o hospital, meu parto seria seguro. Mas agora como ir a outro lugar? Como pude ser tão imprudente, desajuizada? Estou com medo! Parto requer cuidados."

— Já fiz muitos partos — afirmou Joca —, aqui todos nasceram pelas minhas mãos. Não se preocupe, dará certo. Sei fazer partos melhor que muitos médicos. Vou organizar tudo.

"Parece que ela leu meus pensamentos", pensou Nina. "Será que devo confiar nessa mulher? Agora não tenho alternativa. Que Deus me ajude!"

Joca começou a preparar. Primeiro arrumou o leito, lavou a bacia, pegou lençóis, deixou o fogão aceso, pronto para esquentar água. Depois saiu. Pela porta que ficara aberta, Nina viu a dona da casa falar com um menino, era o Jonas, um garoto que morava perto com sua família. Esse menino fazia muitas coisas para Joca, dava recados, fazia compras, levava remédios, e ela o pagava por isso. Também o garoto, às vezes, carpia a frente da casa, a horta, pegava água da cisterna. Nina viu os dois conversando, com certeza ela estava pedindo para ele dar algum recado. Depois viu Jonas sair, ir pela estradinha, e Joca entrou na casa.

— Vou preparar poções para você, que as tomará assim que sentir dores — determinou a parteira.

— A senhora acha mesmo que logo entrarei em trabalho de parto? — Nina indagou receosa.

— Sim, tenho certeza — afirmou Joca.

"Bem, não tenho outra opção. Vou confiar."

O fato era que Nina estava inquieta, não sentia fome, almoçara muito pouco e tomara bastante água. Resolveu andar um pouquinho pela casa mesmo. Levantou-se e olhou pela porta aberta, viu o céu sem nuvens e de um azul maravilhoso, mas que logo escureceria. Deu uns passos e sentiu escorrer água pelas pernas.

— A bolsa estourou — disse Joca. — Não se preocupe, tudo está dentro do normal. Vou ajudá-la a se secar, e você deverá ir para a cama. Irei examiná-la.

Joca a ajudou, Nina deitou, e as contrações começaram. Nina sentiu dores, essas dores logo aumentaram, e o espaço entre as contrações foi se abreviando. Para Joca tudo estava caminhando bem.

— A criança — disse Joca — deve nascer à noite, com certeza daqui duas a três horas.

— Vou morrer de dor! — queixou-se Nina.

— Não vai, não! — afirmou Joca. — Está tudo bem. Calma!

Mas Nina estava nervosa, não se sentia bem.

"Será que vou morrer?", pensou se angustiando. "Meu Deus! Ajude-me! Nossa Senhora do Bom Parto."

Tentou orar, mas estava confusa.

Joca a examinou novamente.

— Quantas horas são? — perguntou Nina.

— Oito horas da noite. Pela dilatação, penso que logo o nenê nasça. Não se preocupe.

Nina, ali sozinha, com dores, indefesa, pois não conseguia se levantar, com uma desconhecida, uma parteira, sentiu vontade de chorar, mas não o fez, resolveu se concentrar em ter seu filho. Porém pensara na possibilidade de morrer. Nina sentia muitas dores, para ela terríveis, dores que nunca sentira antes. Sentia também medo de morrer no parto.

"Isso deve ser castigo!", pensou Nina, esforçando-se para não se desesperar. "Não agi certo com minha mãe, com minha família. Mamãe falou que era para eu não voltar mais, porém, a conhecendo, sei que falou por falar, não foi sentido. Se eu morrer aqui, serei enterrada como indigente, num lugar longe, estranho e ninguém da minha família ficará sabendo. Novamente irei fazer minha mãe sofrer. Agora com dores, sozinha, sinto pelos meus atos, é remorso, fiz mamãe sofrer e com certeza ela, sem saber de mim, sem notícias, deve estar agoniada, sofrendo. Que tristeza! Saindo dessa, vou procurar minha mãe, pedir perdão e ser uma boa filha. Mas aí estarei casada e com um filhinho. Mamãe me perdoará. Ai, meu Deus! Vou morrer! Escutei de mulheres que ter filhos não era fácil, que as dores eram fortes, mas não pensei que fosse assim. Sinto que estou me partindo ao meio."

Era perto das dez horas, Joca lhe deu um chá.

— Tome, Nina! Tome tudo! Isso a ajudará!

Nina tomou e de fato foi relaxando, sentiu-se sonolenta e dormiu.

Joca rapidamente forçou a barriga dela, puxou a cabeça da criança, e nasceu uma menina. A parteira deixou Nina como se tivesse desmaiada e cuidou da recém-nascida. Cortou o cordão umbilical, a limpou com uma toalha molhada, a embrulhou num lençol e num cobertor, abriu a porta da cabana, fez um sinal com o lampião. Um vulto apareceu, um homem vestido de preto.

— Pronto! — falou Joca. — Pode pegar! Pegue-a com cuidado. É uma menina. É sadia!

O homem a pegou com cuidado; embora estivesse escuro, a olhou, a criança estava quietinha.

— É sadia! — reafirmou Joca. — Tudo está bem.

— Valeu o que lhe paguei! Não esqueça depois de dar dinheiro a ela. Estou indo embora.

O homem, com cuidado, levando a nenê, andou rápido pela estrada até o carro que estava estacionado, entrou no veículo e deu a criança para uma mulher sentada no banco de trás. Partiram.

Joca entrou na casa, tomou água e foi cuidar da parturiente.

— Meu Deus! — exclamou a parteira. — Tem outro nenê!

Rápida, foi tomando as providências.

— Tenho de acordá-la!

A poção que Joca dera a Nina para dormir fora forte, ela acordaria somente muitas horas depois. Tempo para que Joca contasse a Nina, quando acordasse, que ela desmaiara, que teve a criança morta e que ela a enterrara para que Nina não a visse, porque o nenê era deficiente, sem os bracinhos e com o rosto torto.

Joca jogou água fria no rosto de Nina, rapidamente fez outra poção e a fez tomar. Jogou água no rosto dela novamente.

— Acorde, Nina! Acorde! O nenê está nascendo! Força!

Nina, esforçando-se para acordar, obedeceu a parteira. Realmente Joca tinha conhecimentos, já fizera muitos partos, mas dessa vez se enganara por não ter percebido que seriam duas crianças. Com habilidade, conseguiu que a outra criança nascesse.

— Uma menina! — exclamou Joca.

"Outra", pensou ela.

Rápida, embrulhou a nenezinha em outro lençol; vendo que estava tudo bem com a criança, cuidou de Nina, que se esforçava para ficar acordada.

— Descanse agora, Nina! — ordenou Joca. — A criança nasceu, é uma linda e sadia menina. Pode dormir sossegada. Tudo está bem!

Joca mostrou a nenê para Nina, que sorriu e dormiu. Depois de verificar somente se tudo estava bem com Nina, Joca foi cuidar da nenê, lhe deu banho, colocou as roupinhas que a mãe separara. A nenezinha ficou tranquila. A parteira a deixou numa caminha improvisada ao lado da cama em que Nina dormia.

"Ela acordará com o dia claro", pensou Joca. "O chá que a fez dormir é de fato forte. É que me preparei para dar a notícia a Nina de que a criança morrera, nascera morta, não era sadia e por isso achei melhor ela não vê-la e a enterrei. Agora não terei mais de fazer isso. Que coisa! Duas! Eu não notei quando a examinava. Foi bom para os dois! Deus foi bom comigo! Nunca fiz isso. Porém a proposta foi boa. Eu, desde mocinha, com minha mãe, depois sem ela, ajudo, cuido de todos por aqui. Cobro dos que podem pagar, são poucos, e atendo do mesmo modo os que não podem pagar; como não cobro, tenho poucas coisas e nenhum dinheiro. Já completei quarenta e cinco anos e não tenho nada. Esta casa é do proprietário da fazenda que me deixa morar aqui. Não passo fome porque recebo em pagamento frangos, ovos e alimentos. Não tenho nada! A oferta dele foi interessante. Ele me pagou e deixou dinheiro para que eu desse a Nina, para que ela voltasse para junto de sua família. Dois nenês! Duas! Ainda bem! As gêmeas! Uma para cada um! Tudo deu certo, então o melhor é esquecer esse assunto. Mas sei que fiz algo errado, espero que não seja uma maldade. Minha mãe dizia que maldade pesa as asas do espírito do morto, não o deixa voar e por isso ele fica preso onde viveu, são as assombrações. Espero que esse meu ato não me pese. Porém penso que não o esquecerei como pretendo. Mas, em troca, prometo não recusar atender ninguém. Vou cuidar bem da Nina e da menina. Espero que ela vá embora assim que puder viajar. Vou rogar perdão a Deus e espero que Ele me perdoe. Mas... o senhor Adolfo é o pai."

Embora cansada, Joca fez tudo o que deveria; foi de madrugada que deitou para descansar, mas não dormiu de imediato, estava se sentindo culpada pelo ato que fizera.

Acabou por dormir, realmente estava cansada.

— Duas! — repetia. — Duas!

O sol já estava alto, eram nove horas quando acordaram, foi quando a nenezinha chorou. Joca se levantou, pegou a menininha e a deu para Nina.

— Veja sua filhinha! É linda!

Nina a pegou, sorriu, a beijou, a desembrulhou e viu, com alegria, que sua filhinha era pequena, mas sadia. Joca pegou a criança.

— Vou trocá-la, você vai tomar leite, comer bolo e depois a colocaremos para mamar.

Assim fez; logo Nina estava com a filhinha no colo e tentou amamentá-la.

Joca foi fazer as tarefas costumeiras, estava atrasada. A menininha dormiu, Nina a colocou junto dela. Assim que Joca entrou na casa, ela pediu:

— Dona Joca, a senhora avisa Adolfo para mim, por favor? Peça para o garoto ir lá e lhe dar o recado de que eu tive nossa filha.

— Farei isso assim que Jonas vier aqui, não tenho tempo de ir atrás desse garoto, que nem sei por onde anda. Atrasei meu serviço. Tenho muito o que fazer e também de preparar o almoço. Farei uma sopa para você e chás para que tenha leite. Como chamará a menina?

— Solange! Sol! Ela é o meu sol! — decidiu Nina.

Ela não havia conversado com Adolfo sobre o nome da criança que esperava.

"Espero que Adolfo concorde. Gosto muito desse nome!"

Joca se movimentava rápido, tinha de fazer muitas coisas fora da casa; quando entrou foi fazer o almoço.

— Fique deitada, Nina — ordenou Joca. — Descanse e tente dormir.

— Dona Joca, eu desmaiei? Parece que dormi e acordei com a senhora pedindo para eu acordar e fazer força. O que aconteceu?

Nina pensou que a parteira não ia responder, porque ela não se virou para olhá-la e continuou a cortar legumes. Mas Joca explicou:

— Foi isso o que aconteceu. Você por minutos perdeu os sentidos, mas foi rápido.

— Isso é perigoso? Foi? — Nina quis saber.

— Não! Foi algo rápido. Não foi perigoso — mentiu Joca.

De fato não seria se tivesse somente uma criança, mas havia outra para nascer; no fim, tudo deu certo. Nina estava bem, e a pequena Solange, também.

— Dona Joca — Nina queria entender —, eu estava com uma barriga muito grande e a nenê é tão pequena.

— Você tinha muita água, isso ocorre. A nenê é de fato pequena, mas está na média dos recém-nascidos. É uma menina, e estas costumam ser menores. Não quero conversar mais. Estou preparando o almoço. Estou atrasada. Dormi tarde e acordei tarde.

Nina se calou, entendeu que a parteira não ia falar mais nada. Mas, para Nina, o que importava era que ela estava bem e que a filhinha era linda e sadia.

Joca fez chá para ela.

— Tome o que está nessa caneca em três vezes: agora, após o almoço e à tarde — ordenou Joca. — É para você ter leite.

Nina ficou olhando ela fazer o almoço e se pôs a pensar:

"De fato, dona Joca está atarefada, ela se levanta todos os dias ao nascer do sol, bem cedo. Hoje se atrasou, não pôde ir atrás de Jonas, tenho que esperar que o garoto venha aqui para ir depois dar o recado para Adolfo, que com certeza ficará contente. Ele está com tantos problemas e espero que a filhinha o alegre. Eu, de fato, estava com a barriga muito grande, mas Solange, a minha Sol, nasceu pequenina. Não tem balança para pesá-la. O que dona Joca disse deve ser verdade. Eu ainda estou com a barriga grande. Vou obedecê-la em tudo. Quero me recuperar logo."

Joca a ajudou, ensinou como colocar a nenê para mamar, fez compressas para ela colocar nos seios. A nenezinha mamava ou tentava mamar. Nina tinha pouco leite.

Foi à tarde que Jonas veio, ele não entrava na casa, ele chamava pela dona da casa em frente à porta. Joca estava com a expressão cansada. Ela pediu ao garoto que tratasse das galinhas, tirasse água do poço, varresse a frente da casa. Foi somente após ele ter feito tudo isso que foi dar o recado.

Nina estava aflita, ansiosa para ver Adolfo e que ele conhecesse a filhinha, mas não reclamou, entendeu que de fato Joca estava cansada.

"Ainda bem que hoje não teve ninguém para ela atender", pensou Nina.

Aguardou ansiosa pela volta do garoto.

"Adolfo com certeza achará nossa filhinha linda. Ontem eu estava com muito medo, pensei que ia morrer. Sei que há mulheres ainda que morrem no parto. Que dor forte! Mas ainda bem que tudo deu certo. Estou me sentindo fraca, dores nas costas, mas com certeza me recuperarei logo. Pedi tanto à Nossa Senhora do Bom Parto que me ajudasse, agora vou agradecê-la."

Orou agradecendo. Solange estava dormindo ao seu lado. Nina não cansava de olhá-la.

— Amo você, filhinha! Amo-a, meu sol!

Tentou ficar tranquila.

# CAPÍTULO 2
## A decepção

Nina aguardou ansiosa o retorno de Jonas ou a visita de Adolfo; para isso, se ajeitou, penteou os cabelos, fez uma discreta maquiagem.

"Com certeza Adolfo, como eu, irá achar Solange bonita, porque ela é, e também é sadia. A esposa dele, a louca da Amélia, com certeza logo irá morrer e aí nos casaremos, registraremos nossa filha e vamos embora daqui. Tentarei fazer as pazes com minha mãe; ela, me vendo casada e com uma filha, me perdoará. Seremos felizes."

Era o que Nina desejava e ficou pensando nisso enquanto aguardava; para ela, os minutos passavam lentamente. Ao escutar Jonas chamar a proprietária da casa, Nina sentou-se na cama, seu coração bateu forte. Imaginou que os dois conversavam fora da casa e, após alguns minutos, Joca entrou, estava séria e falou:

— Nina, você precisa ser forte. Jonas não trouxe boas notícias. Joca se calou; Nina, ansiosa, implorou:

— Fale, dona Joca! Fale, por favor! O que aconteceu?

— O senhor Adolfo foi embora — disse Joca e, após uma breve pausa, continuou: — Jonas contou que o senhor Adolfo vendeu a fazenda e, hoje de madrugada ou ontem, ele foi embora de carro com a empregada, levaram poucas coisas, as malas e alguns objetos. Ontem à noite pagou os empregados e se despediu.

— Não acredito! A senhora está brincando comigo? — Nina estava transtornada.

— Não! — exclamou Joca e gritou pelo garoto: — Jonas, venha cá!

O garoto entrou na casa, mas primeiro tirou o calçado, que estava sujo; então parou em frente à cama de Nina.

— Jonas, conte para Nina tudo o que ficou sabendo — ordenou Joca.

— Eu fui lá à fazenda, como dona Joca me pediu — contou Jonas. — Conversei com um dos empregados. Quando cheguei à fazenda e passei pela porteira, vi a casa do proprietário fechada. O empregado veio me receber, eu expliquei que tinha vindo para dar um recado para o senhor Adolfo; então o funcionário me explicou que o senhor Adolfo vendera a fazenda e que ele e o outro empregado estavam apreensivos, porque não sabiam se o novo dono iria contratá-los. Contou também que a mulher do senhor Adolfo falecera anteontem, e ele a enterrou no cemitério no túmulo da família. A dona Amélia passara muito mal, chamaram o médico, mas, quando ele veio, ela estava morta; foram ao enterro somente o marido e a empregada que cuidava da senhora. O senhor Adolfo vendeu a fazenda dois meses atrás, o dono do cartório foi à fazenda para a senhora Amélia assinar a escritura. O senhor Adolfo ficou de desocupar a casa, a fazenda, logo, e o fez à noite, ninguém sabe a que hora eles foram embora. Ontem à tardinha ele pagou os empregados e lhes deu uma gratificação.

Nina escutava esforçando-se para entender tudo, não estava acreditando no que ouvira, parecia muito irreal.

— Pode ir, Jonas, mas volte à fazenda e peça para o Zé Brito, um dos empregados de lá, vir aqui assim que puder.

Joca deu a ordem e o garoto saiu rápido. Joca fez um chá para Nina.

— Tome, Nina, reaja! Já vi moças enganadas que caíram na lábia de um homem. Você não é a primeira nem será a última. Porém pode ser que você encontre com ele depois. Eu deveria ter desconfiado, porque o senhor Adolfo me pagou adiantado, me deu dinheiro a mais para as despesas, para você ficar aqui, e falou que você ficaria mais uns dias. Deu-me dois envelopes com dinheiro, um para mim e o outro para entregar para você.

Nina tomou o chá e então chorou; primeiro alto, depois sentida.

— Chore o que quiser e depois se acalme. Você está tendo pouco leite; ficando nervosa, não o terá, e a nenê precisa se alimentar. Acalme-se!

Nina olhou a filhinha e pensou:

"Não terá pai, coitadinha! Coitadinha de mim! O que farei?"

O chá foi de fato calmante, Nina relaxou, encostou a cabeça no travesseiro e dormiu. Mas dormiu por pouco tempo, acordou com a filhinha chorando, Joca estava trocando suas fraldas.

— Nina, reaja; se não for por você, o faça pela menina. Ela está com fome, precisa mamar.

Nina pegou a filhinha e a colocou, como Joca a orientou, no seio, mas ela não tinha leite.

— Pedi para Maricota — disse Joca —, que mora perto, vir aqui dar de mamar para sua filhinha. Maricota é aquela mulher que teve o filho há cinco dias. Espero que ela venha.

Joca foi preparar o jantar. Nina percebeu que ela estava inquieta. Nina também estava ansiosa, não conseguia pensar em tudo o que acontecera.

"Meu Deus, que aquela notícia seja um sonho ruim", rogou.

Mas sabia que não era.

"Como Adolfo pôde fazer isso comigo?"

Realmente não tinha leite, a nenê cansou de sugar e de chorar. Maricota veio de charrete com o filho maior, entrou na casa e foi recebida por Joca, que lhe explicou:

— Maricota, eu a chamei por dois motivos; primeiro fiz as poções para você, tenho de lhe explicar como tomar e ensiná-la a fazer. Fiz o chá para dores de barriga, para o seu nenê, e o remédio para dores de ouvido de seu outro filho, deve pingar uma gotinha duas vezes ao dia. Depois eu lhe explico de novo, agora dê de mamar para a nenezinha, Nina ainda não tem leite.

Maricota, sorrindo, pegou a nenê e a colocou no seio, Solange mamou. Enquanto amamentava, Joca explicou novamente para a doadora como deveria fazer as poções e como tomar.

Solange mamou devagar. Nina a olhava, não conversou, sentia-se atordoada. Joca lavou bem uma mamadeira que Nina havia comprado com o enxoval e pediu para Maricota tirar leite, que ela guardaria para a próxima mamada. Assim a doadora o fez, Nina a agradeceu, e ela prometeu voltar no outro dia para amamentar a nenê.

Joca colocou a mamadeira com o leite doado numa vasilha com água fria. Ajudou Nina a se levantar e fez o jantar.

— Nina — aconselhou Joca —, sei que está passando por momentos complicados, mas agora é mãe, um ser pequenino depende de você. Alimente-se, tome os chás para aumentar seu leite e supere, não vale a pena sofrer por ele.

— Que desilusão! Que decepção!

Nina chorou. Joca a deixou chorar por minutos, depois ordenou:

— Chega! Já chorou demais! Agora se alimente e trate de ficar forte e sadia. Chega! Estou com meu serviço atrasado!

Saiu de casa, foi pegar água na cisterna, alimentar as aves e o cavalo, Joca tinha um; depois entrou e fechou a porta.

— Vou me limpar, preciso dormir cedo. Farei um chá para você. Logo a nenezinha irá querer mamar novamente. Você dará o leite da Maricota para ela, depois terá de amamentá-la.

Nina estava apática, sentia-se atordoada, sem saber o que fazer. Ainda não acreditava que Adolfo fora embora sem falar com ela nem ver, saber da filha. Ela lembrava bem que Adolfo lhe dissera:

— Nina, você irá para a casinha da parteira; não se preocupe, ela é uma pessoa boa; fica lá, a criança nasce e, assim que for possível, eu a busco. Talvez eu não possa ir vê-la, mas quero que entenda que Amélia está para morrer. Ela quer morrer aqui! Mas tenho de ficar atento, muito atento, não quero que ela se suicide. Não posso me ausentar. O médico vem amanhã para vê-la. Você vai hoje, leve suas roupas e as do bebê, tudo o que trouxe. Fique tranquila, tudo se resolverá e então ficaremos juntos.

"Ele me beijou, eu arrumei tudo e vim. Faz vinte e três dias que estou aqui. Quando cheguei aqui, dona Joca me examinou, me deu chás para tomar, fez com que me alimentasse melhor, disse que Adolfo mandava os alimentos e que estava pagando pela minha estadia. Mas será que foi pensado? Adolfo planejou tudo? Sabia que ia embora quando a esposa morresse e ele a enterrasse? Sabia que ia me deixar? Parece que sim. Mas então por que não me abandonou antes, me fez viajar para estar com ele? Seria para Adolfo mais fácil sumir quando eu contei que estava grávida. Realmente eu não entendo. A esposa dele morreu, ele ficou viúvo, me deixou e foi embora. Porém pagou para dona Joca pela minha estadia e me deixou dinheiro."

Joca arrumou tudo para dormir, deu chá para Nina e trocou a nenê, que acordou querendo mamar; ela esquentou a mamadeira e deu Solange para Nina, que depois a colocou para dormir. Como fazia todas as noites, a dona da casa abaixou a luz do lampião, deixando somente uma tênue claridade. Deitou-se, Nina entendeu que sua anfitriã orava.

— Durma, Nina! Você precisa dormir! Aproveite que a nenê dorme; se ela acordar, você levanta, troca e tenta amamentá-la. Boa noite!

Foi o que Nina fez. A nenê acordou duas vezes, ela a trocou e tentou amamentá-la, sentiu que tinha pouco leite.

Assim que o sol nasceu, Joca se levantou e começou a fazer suas tarefas. Ajudou Nina a se levantar e a fez se alimentar. Nina foi cuidar da filhinha, e Joca, do seu trabalho. Nina a ajudou nas tarefas dentro da casa, sentia-se fraca e estava muito triste. Não sabia o que fazer e não entendia o que acontecia. Eram nove horas quando escutou vozes, Joca conversava com um homem. Nina foi à porta e viu que o homem era um dos empregados da fazenda de Adolfo. Joca se aproximou da casa com ele e explicou a Nina:

— Nina, ele veio aqui a meu pedido para contar a você tudo que aconteceu na fazenda. Puxe uma cadeira e sente-se em frente à porta.

Nina o fez, sentou-se na cadeira, e o homem falou:

— Dona Nina, a pedido de dona Joca, a quem eu e minha família devemos muitos favores, vim aqui para contar o que aconteceu lá. Antes de a senhora vir para a casa de dona Joca, o senhor Adolfo vendeu a fazenda para um vizinho que há tempos queria comprá-la. O senhor Adolfo negociou e a vendeu, passaram a escritura, a dona Amélia assinou e tudo ficou certo. O senhor Adolfo depositou parte do dinheiro no banco, penso que ficou com uma parte para as despesas. O médico da cidade cobrava caro, ele vinha consultar dona Amélia, mas ela somente piorava, o médico não deu esperança para a pobre da senhora. Dona Amélia queria morrer naquela casa. Tudo estranho! Confuso! Nós não entendemos. Há tempos que éramos nós que tomávamos conta e...

— Vamos ao que interessa. Conte o que sabe, não casos antigos — interrompeu Joca.

— Sim, sim. — O homem voltou a contar o ocorrido. — Anteontem, quando o médico veio, constatou que dona Amélia falecera, foi à noite. Ele deu a certidão de óbito. O senhor Adolfo e a empregada não permitiram que nós da fazenda fôssemos vê-la, os dois levaram o corpo para a cidade, compraram um caixão caro e a enterraram no túmulo da família, que é chique; depois ele nos pagou, nos deu uma gorjeta, arrumou o carro para viajarem. Não colocaram muitas coisas; puseram no carro roupas, alguns objetos e nos disseram que poderíamos pegar as roupas que deixassem. Ordenou que eu fosse dar o recado para o novo proprietário de que ele poderia vir e tomar posse da fazenda no outro dia. Depois, o patrão e dona Celina se trancaram na casa. Levantamos sempre às cinco horas e, quando o fizemos, não os vimos mais; foram embora, o senhor e a empregada, penso que foram à noite, não sabemos a que horas saíram.

Nina escutara atenta, não conseguia nem se mexer, parecia que estava travada. Teve de se esforçar para perguntar:

— O senhor Adolfo não me mandou nenhum recado? Não pediu para falar nada para mim?

— Não, senhora — respondeu o homem. — Respondo com certeza. Agora posso ir? Dona Joca, eu já contei tudo.

— Sim, pode ir — concordou Joca.

— Obrigada — agradeceu Nina.

Nina se levantou e entrou, Joca continuou seu trabalho fora de casa. Nina não chorou. Após uns trinta minutos, Joca entrou, olhou para sua hóspede e comentou:

— Pensei que estaria chorando.

— Não estou chorando e não quero mais chorar, quero ter leite para minha filhinha, que agora tem somente a mim. Preciso me cuidar para cuidar dela.

— Muito bem, é isso que deve fazer — elogiou Joca. — Você é jovem, sadia e é mãe. Boa mãe é aquela que vive para os filhos. A pequena Solange tem você, ela é dependente, não se esqueça disso. Você deve ficar forte, se recuperar do parto para organizar sua vida. Posso ficar com vocês duas por dias, mas não mais que dias. Minha casa é pequena, é para uma pessoa, eu. Assim que possível, deverá voltar para a casa de sua mãe.

— Minha mãe, quando eu saí de casa, me disse que era definitivo, para eu não voltar mais. Ela não irá me querer de novo.

— Bobagens! — exclamou Joca. — Mãe fala coisas que não sente de fato. Todos nós falamos asneiras de vez em quando. Ela é mãe e a receberá, mas, se ela não o fizer, você não tem outro local para ir até que possa se sustentar?

— Tenho minha avó, que é uma pessoa muito boa, e tenho uma irmã — respondeu Nina.

— Está resolvido; assim que eu achar que pode ir embora, você irá. O senhor Adolfo deixou dinheiro para você, que, com certeza, dará para ir. Porém a viagem é longa. Vamos resolver com calma. Agora vou fazer o almoço, logo Maricota virá dar de mamar para Solange.

Nina resolveu seguir os conselhos de Joca, era o mais sensato; ajudá-la no serviço dentro da casa; cuidar bem da filhinha; e fazer de tudo para amamentá-la. A nenezinha chorava, era de fome; por mais que forçasse, tinha realmente pouco leite. Maricota veio após o almoço; Solange mamou e, ao arrotar, até regurgitou; após, dormiu. Nina, depois que fez tudo o que tinha de fazer, foi descansar, queria se recuperar logo.

"Para viajar, voltar para a minha cidade, não será nada fácil, não foi para vir; agora, com a nenê, com certeza será difícil. Mas irei assim que for possível. Talvez mamãe me aceite. Nestes seis meses em que me ausentei, não dei notícias e não sei deles. Mamãe deve estar preocupada."

Sentiu remorso. Veio em sua mente quando saiu de casa e contou para sua mãe que ia embora com o homem da sua vida. Escutou da mãe: "Você está louca? Enfeitiçada? Eu não o conheço, nós não conhecemos esse homem. Por que não namora como todo mundo, casa? Ir embora com ele como amante?". Lembrou que respondeu: "Amante, não! Como mulher da vida dele. Eu o amo e vou com ele". A discussão, lembrou Nina, foi calorosa, houve gritos, choros, a mãe queria fazer a filha entender que não estava certo o que ia fazer e Nina não quis escutá-la, estava decidida.

"Peguei minhas coisas, o que achei que me seria útil, e saí de casa sem olhar para minha mãe, que estava sentada no sofá e chorava. Escutei dela: 'Saia e não volte mais, filha ingrata!'. Fiquei aborrecida, peguei um táxi e fui para a rodoviária, já tinha comprado a passagem; entrei no ônibus, triste por minha mãe não ter me entendido, mas esperançosa, queria estar junto de Adolfo, ainda mais que sabia estar grávida de dez semanas."

— É! — exclamou Nina baixinho. — Mamãe tinha razão!

Continuou a lembrar da viagem difícil: pegou o ônibus; foi para uma determinada cidade; lá, pegou outro para outro local; após, mais outro; e, chegando à cidadezinha, um lugarejo muito pequeno, foi de táxi até a fazenda. A viagem foi longa e ficou cara. Adolfo havia lhe dado dinheiro; embora ele tivesse explicado como viajaria, ela se surpreendeu, porque a viagem foi longa e cansativa.

"Quando cheguei, Adolfo me recebeu muito bem, mas me hospedou num quarto no quintal. 'Querida', disse ele, 'para todos, você é minha irmã, ficará bem aqui. Não posso hospedá-la na casa junto de minha esposa, que está cada vez pior. Agora tome banho, alimente-se e descanse'."

— Foi o que mais fiz, descansei — lamentou Nina.

"Adolfo vinha me ver umas três vezes por dia; uma empregada, Maria das Graças, me trazia alimentos fartos e sortidos; dizia que eu, grávida, deveria me alimentar bem. Eu andava pelo quintal, que era grande e com muitas árvores frutíferas. Estava me sentindo bem, mas um pouco decepcionada, não esperava ficar num cômodo no quintal. Pelo que Adolfo falava, soube: Amélia, a esposa dele, quisera vir para a fazenda que era dela, em que nascera, pensando que ia melhorar de saúde, mas estava piorando. Ela tomava muitos medicamentos, e um médico de uma cidade vizinha vinha vê-la uma vez por semana. Não sei que doença Amélia tinha, mas devia ser grave, pois morreu. O fato mais estranho, que eu não consigo entender, é que Adolfo, agora viúvo, foi embora e não me deixou nenhum recado. Será? Ele me deixou um envelope com dinheiro. Será que não tem nenhum bilhete nele?"

Joca lhe mostrara o envelope e viu que a dona da casa o colocara numa gaveta; Nina levantou rápido, abriu a gaveta e pegou o envelope; seu coração disparou, porém viu que lá havia somente dinheiro, ela procurou até entre as notas.

"Não me deixou nem um recado, nenhum bilhete", Nina chorou se lamentando. "Sou desprezada, mal-amada, tive uma filhinha e estou sozinha."

Joca entrou na casa, a olhou e avisou:

— Nina, não chore mais, tente se alegrar; se ficar assim se lamentando, seu leite não desce. Maricota logo virá para dar de mamar à pequena Solange. Fui chamada para atender uma pessoa. Vou e não sei quando volto. Faça a comida e se alimente.

Nina parou de chorar e ficou olhando Joca, que pegou sua sacola e colocou dentro vários frascos e ervas. Saiu e, pela porta, Nina a viu arrear o cavalo e sair galopando.

"Dona Joca não para, ela atende muitas pessoas. Por aqui não tem médicos nem hospital, é ela quem cuida de todos."

Foi preparar a comida, almoçou e Maricota chegou bem na hora que Solange acordou e chorava de fome. A doadora de leite materno pegou a nenê e a colocou no peito.

— Não sei como agradecê-la, Maricota; quando eu for embora, irei dar umas roupas para você. Obrigada! — Nina, de fato, estava agradecida.

— Dona Joca já nos faz muitos favores, não posso negar o que ela me pediu, não me custa vir aqui uma vez por dia, amamentar a nenezinha e deixar um pouco de leite para ela.

Nina aproveitou que Joca não estava e indagou Maricota:

— Você sabe o que aconteceu na fazenda Rancho Fundo? O senhor foi embora?

— Sei — respondeu Maricota — o que todos ficaram sabendo, aqui é costume saber de todos. Sei que a filha da Louca, a finada dona Zilá, veio à fazenda, ninguém a viu, o comentário era de que estava muito doente, um médico vinha vê-la, falaram que ela veio para morrer. A história da fazenda Rancho Fundo é triste: dona Zilá era doente, teve dois filhos, eles se mudaram daqui, ficamos sabendo que dona Zilá faleceu. O marido dela, assim que se mudaram, vinha aqui uma vez por ano; depois, não veio mais, eram os dois empregados que cuidavam da fazenda. Dona Amélia herdou a fazenda, veio aqui com o marido e a venderam. Ela morreu, o senhor Adolfo e uma empregada a enterraram, foi um velório triste, somente os dois estavam presentes. O médico que cuidava dela deu o atestado de óbito, e ele e a empregada foram embora porque o senhor Adolfo tinha de entregar a fazenda para o comprador. Quem achou ruim foram os dois empregados, que há anos moravam na fazenda e faziam o que queriam; eles não eram cobrados, recebiam ordenado e trabalhavam pouco. Agora, com o novo proprietário, não sei como ficarão.

Maricota se calou, mas Nina queria saber mais e a indagou:

— Maricota, como foi o enterro da dona Amélia?

— Como disse, estavam somente o senhor Adolfo e a empregada. Quem viu na cidade contou que os dois levaram o cadáver de carro, foram à funerária, mostraram o atestado de que ela falecera, que o médico fizera, compraram um caixão, e o dono da funerária e o viúvo levaram o caixão à igreja; o padre deu a bênção, dizem que o padre abriu o caixão, mas fechou logo em seguida, porque ela não cheirava bem, estava soltando um líquido. Depois que o padre benzeu e orou, a levaram ao cemitério e ela foi enterrada no túmulo da família, de seus avós. Os dois, o senhor e a empregada, voltaram à fazenda, ele pagou os empregados, depois se trancaram na casa e, num horário que ninguém sabe direito, foram embora. Sei somente isso, o que contei a você. Nina, você deve saber mais que eu. Não é a irmã do senhor Adolfo? Não ficou na fazenda uns meses? Por que você teve a filha aqui? Por que seu irmão a deixou e foi embora?

Nina pensou que era melhor continuar mentindo, contou:

— É verdade. Sou mãe solteira, fui abandonada por um cafajeste. Adolfo me abrigou e depois me deixou aqui para eu ter a criança, para dona Joca me ajudar, ele me deixou dinheiro. Ele teve de ir embora. Antes de ser abandonada grávida, eu não tinha muito contato com esse meu irmão nem com Amélia. Mas foi ele que me acolheu quando fui expulsa de casa. Quando eu puder ir embora, ele continuará me ajudando.

— Está explicado! — exclamou Maricota. — Nós, mulheres, é que devemos nos precaver, somos nós que ficamos grávidas, damos à luz e amamentamos. Tenha fé, tudo dará certo. Ser mãe solteira por aqui é complicado, penso que é pior que numa cidade grande. Não deve ficar aqui; se seu irmão prometeu ajudá-la, deve voltar para perto de sua família.

Solange estava alimentada, Maricota a deu para Nina, que a fez arrotar; a doadora tirou o leite para deixar para a próxima mamada e foi embora.

"Não devo chorar mais. Não sei o que aconteceu para que Adolfo me deixasse assim, mas, seja o que for, não tem justificativa. Devo me fortalecer e partir, voltar para casa e torcer para que minha mãe me aceite de volta. Tenho agora uma filha para criar."

Fez todo o serviço de dentro de casa, Jonas veio e fez a tarefa do lado de fora. Joca chegou quando estava escurecendo.

— Tudo bem? — perguntou Joca.

— Tudo certo, sim — respondeu Nina.

Joca se alimentou, tomou banho e foi se deitar, ela estava muito cansada.

Nina cuidou da filhinha, deu a mamadeira com o leite de Maricota, a colocou para dormir e deitou; orou e fez um propósito de ficar bem, não chorar mais, superar a decepção, se fortalecer para retornar para casa.

# CAPÍTULO 3
## O retorno

No outro dia, Jonas foi à cidade com o cavalo de Joca e trouxe uma lata de leite em pó. Joca deu a lata para Nina e explicou:

— À noite, você fará mamadeira para dar à nenê para que não chore. Preciso dormir, não quero acordar várias vezes com a menina chorando de fome. Leia as instruções da lata. Jonas comprou o que o farmacêutico vende para recém-nascidos. Usei o dinheiro que o senhor Adolfo me deixou para as despesas.

Nina conhecia o leite, leu as instruções e decidiu dar para a filhinha, que queria ser alimentada de três em três horas. Ela continuava tendo pouco leite. Na noite seguinte, Nina deu duas mamadeiras para a filha, que teve também dores de barriga. Nina colocava panos quentes na barriguinha dela e lhe dava chás. Tentou fazer de tudo para que Joca conseguisse dormir.

Solange estava com vinte e cinco dias e Nina decidiu ir embora; contou para Joca, que concordou, e foi a proprietária da casa quem planejou:

— Você irá de charrete até a cidade, levará de vinte a trinta minutos; no dia marcado, irei pedir para o senhor Leonel passar aqui para levá-la, ele cobra. Você deve usar, para viajar, o dinheiro que o senhor Adolfo lhe deixou. Na cidade, às dez horas, você e outras pessoas irão para a cidade que tem ônibus, de caminhão. Ao meio-dia sai o ônibus que deve pegar para a capital do estado, e, nessa outra rodoviária, pegará um ônibus noturno para a capital do estado em que sua mãe mora e, lá, outro ônibus até sua cidade.

— Viajarei mais de vinte e quatro horas — Nina suspirou.

— Com certeza — concordou Joca. — O que você deve fazer é: levar poucas coisas, uma mala e uma mochila. Levará somente o essencial, não dá para levar muitas coisas.

— A senhora tem razão, irei com uma roupa confortável, levarei somente as roupas que irei usar na Solange. Vou agora à tarde à cidade comprar o que necessito. Tenho que ter mais uma outra mamadeira.

— Pedirei para Maricota lhe emprestar a charrete.

À tarde, Jonas foi com ela à cidade com a charrete de Maricota. Nina deixou Solange dormindo. A cidade era uma pequena vila. Foi à farmácia, comprou leite em pó, pomadas para assaduras, lenços higiênicos e remédio para dor de barriga; viajando, ela não teria como fazer o chá. Perguntou por apoio para carregar a nenê junto do corpo, que, em muitos lugares, se chama "canguru"; na farmácia não tinha, mas lhe indicaram uma mulher que tinha um usado para vender. Nina foi à casa indicada e comprou o usado. Com tudo comprado, voltou, e Solange continuava dormindo.

Nina separou o que ia levar, realmente teria de deixar muitas coisas; quando veio, trouxe uma mala grande, uma média e outra pequena; decidiu levar somente a pequena e uma mochila. Limpou o canguru, ela o ajustou ao seu corpo; levaria a nenê nele, a mochila nas costas e, com uma mão, puxaria a mala.

Separou as roupas que levaria; de joia, tinha somente um anel de ouro, mas tinha muitas bijuterias, que deixaria. Colocou na mala pequena o que levaria, e o restante deixou em cima da cama. Na mochila colocou as roupinhas da nenê e o que usaria na viagem.

— Dona Joca, vou deixar tudo o que está em cima da cama, quero que a senhora pegue o que quiser, irei dar algumas para Maricota. Vou dar dinheiro para Jonas.

— Vou ficar com a mala grande e deixá-la embaixo de uma cama, para guardar coisas nela. Quero essas roupas. — Joca separou uma saia e três blusas. — Essas, darei para uma mulher muito pobre que eu ajudo; essas, para a mãe de Jonas. Maricota ficará contente com essas outras.

Rápido, Joca separou tudo. Nina ficou olhando, sentiu ter de se desfazer de suas roupas, bijuterias, mas não havia de fato como levá-las. Quando foi embora de sua casa, pegou suas roupas melhores e deixou as de inverno porque sabia que, para onde iria, não fazia frio. Deixaria também algumas roupas de nenê. Na mochila, além de algumas roupinhas, colocou fraldas, uma sacola para colocar as fraldas sujas, as mamadeiras, remédios.

Tudo arrumado, marcou para ir no outro dia. Esperou pela partida ansiosa, mas sabia que ia ser uma viagem difícil.

Colocou na bolsa que ia levar o dinheiro que imaginou que gastaria, e o restante, numa pochete, que levaria embaixo da roupa, no abdômen. Despediu-se e agradeceu Maricota, que ficou contente com as roupas que ganhou, e deu dinheiro para

Jonas. Agradeceu muito a mulher que a abrigara e que muito a ajudara. Joca somente disse:

— Não me agradeça!

Joca não olhou para Nina, a parteira sentia o que fizera a ela e estava ansiosa para que sua hóspede fosse embora. E Nina foi. Na charrete conversou pouco, e Solange, no seu colo, dormiu. Chegando à cidade, na vila, o caminhão estava preparado para partir. Na frente, estava um casal de idosos. Nina estava pensando como subiria na carroceria quando o senhor pediu para ela ir na frente com a nenê, ele foi atrás. Solange acordou e quis mamar, estava fácil, Nina havia trazido duas mamadeiras no isopor e deu uma à nenê, que dormiu novamente. Na rodoviária, Nina esperou por uma hora, comeu um lanche, trocou a nenê. A viagem até a capital daquele estado não era demorada, por isso colocou a filhinha no canguru, no apoio à sua frente. Solange dormiu pelo chacoalhar do ônibus, e este estava lotado. Quando chegou, a rodoviária era muito grande e movimentada, foi rápido comprar a passagem, Solange chorava querendo mamar. Nina comprou dois assentos, a viagem era longa, e o ônibus sairia às vinte horas. Procurou um canto para se acomodar, deu mamadeira para a filha, lanchou e ficou atenta à sua mala, à mochila, à bolsa e mais ainda à filhinha. Já se sentia cansada, foi ao toalete com tudo que levava, não quis deixar nada com ninguém e, de jeito nenhum, a sua filha. Pediu, implorou e pagou para uma moça da lanchonete lavar as mamadeiras; ela comprou água e a moça esquentou; trocou a nenê novamente e foi para a plataforma; foi um alívio entrar no ônibus, seu assento estava à frente, ela se sentou e, no outro assento, acomodou a nenê. Esforçou-se para relaxar, estava tensa. Havia dado remédio para dores para Solange e a menininha logo dormiu. O ônibus partiu, Nina tentou descansar, mas pensou em sua vida, na situação complicada em que estava:

"Reconheço agora que já dei muitas preocupações para meus pais, principalmente para minha mãe, que escondia de meu pai as confusões que aprontava. Eu saía muito, ia a festas, tinha muitas amigas. Será que eram amigas mesmo? Penso que não, eram companheiras de farras. Não fumava, não bebia muito e não me drogava, mas, nas festas, me divertia dançando, cantando e namorando. Tive muitos namorados; desde a adolescência, saía com rapazes, mas não firmava com ninguém. Minha irmã, mais velha que eu três anos, namorou, casou, e tudo estava bem com ela; minhas companheiras de festas foram escasseando, umas namorando firme, outras se casaram e algumas mudaram de foco. Foi então que conheci Adolfo, eu trabalhava numa loja, ele entrou, eu o atendi, ele me olhou muito e me esperou quando eu saí da loja. Adolfo me convidou para jantar e passamos a nos encontrar, ele dizia me amar e eu o amei. Porém, tínhamos um 'porém', ele era casado. O que ele me contou foi: ele namorou uma moça e ela ficou obcecada por ele, passou a persegui-lo, eles se relacionaram, e o pai dela os fez casar. E foi após morarem juntos que ele percebeu que Amélia, a esposa, era doente, louca, e ele não sabia o que fazer. O pai dela pareceu aliviado de a filha ter casado, ela tinha um irmão que era louco também. Aceitei a explicação dele e não me interessei em saber mais. Adolfo vinha me ver três vezes por semana, e à tarde. Saí do emprego e ele passou a me dar dinheiro. Descobri que estava grávida, e Adolfo se alegrou. Eu estava evitando filhos e engravidei, mas fiquei tranquila por ele ter se alegrado e me agradado. Ele me propôs viajar. Lembro bem o que ele me falou: 'Nina, tenho de viajar para um lugar longe, onde temos uma fazenda, irei lá para vendê-la. Quero que você venha comigo'. Eu perguntei: 'Quem irá?'. 'Eu; uma empregada da minha esposa, uma senhora que cuida dela e que mora conosco; e Amélia.'

'Mas eu ir junto de sua esposa?' 'Iremos na frente', explicou Adolfo, 'de carro, você irá uns dias depois, de ônibus. A casa da fazenda é grande e lá, para todos, você será minha irmã. Amélia não percebe nada mesmo. Dará certo! Não quero viajar e deixar você grávida!'. Deduzi: 'Penso que minha mãe não aceitará'. Perguntei: 'Eu tenho mesmo que ir?'. E Adolfo disse: 'Talvez eu venda logo a fazenda, mas pode ser que demore uns meses. O importante é nós não nos separarmos, ficarmos juntos'. Eu concordei, Adolfo me deu dinheiro e me ensinou como ir. Despedimo-nos numa sexta-feira, ele ia viajar no outro dia, e eu, uma semana depois. Não pensei muito no que ia fazer, para mim tudo daria certo. Antes, nenhum dos meus namorados me levara a sério, porque eu não era séria mesmo. Adolfo foi o primeiro a me respeitar, falar em casar, ficar comigo e me aceitar como era, sem se importar com tudo o que já tinha feito. Não contei a ninguém da minha gravidez, arrumei na véspera minhas malas, deixaria poucas roupas. Falei uma hora antes de sair de casa para minha mãe que ia embora, iria viajar e ficar com o meu namorado; ela demorou uns minutos para entender e não aceitou. Mamãe fez de tudo para que eu desistisse, mas eu já tinha decidido e, depois, estava grávida. Como mamãe não me convenceu, ela me disse chorando: 'Filha ingrata! Você já me fez sofrer muito com seus atos errados, tentei de tudo para lhe dar juízo, com certeza não está fazendo algo certo. Saia e não volte! Chega! Você já me fez sofrer, me preocupar em excesso. Agora chega! Vá embora e não volte!'. Mamãe saiu do quarto, e eu, de casa; ainda a vi chorando sentada no sofá. Havia chamado um táxi, saí de casa chateada, mas, conhecendo mamãe, a atitude dela não foi surpresa. Fui para a rodoviária e minha viagem começou. Segui à risca o planejado, viajei por horas; no total, foram trinta horas contando o tempo que fiquei em rodoviárias. Cheguei, Adolfo me recebeu com carinho, mas fiquei hospedada num quarto com banheiro no quintal. Entendi, mas me decepcionei."

O ônibus parava em muitas cidades, nesta parada iria ficar trinta minutos. Nina desceu com a mochila, a bolsa e a nenê, foi ao toalete com a filhinha no canguru, a trocou, tomou lanche, deu uma mamadeira para Solange. Andou um pouco, voltou ao ônibus e aos seus pensamentos:

"Esta viagem não está sendo fácil! Quando fui estava sozinha, passei bem na gravidez, porém achei a viagem demorada e cansei, agora está bem pior."

O ônibus partiu, Nina acomodou Solange no banco, colocara para forrá-lo um lençol que trouxera. Ajeitou a filhinha de modo que não caísse se por acaso o ônibus freasse. Tentou dormir, conseguiu, porém o ônibus fez outra parada, esta seria rápida, somente para saírem e entrarem passageiros. Solange continuou dormindo. As pessoas a olhavam, queriam ver a nenê, e algumas ficavam curiosas para saber do porquê de uma mãe sozinha viajar com uma recém-nascida. Nina respondia:

— Fui ver minha mãe, e a nenê nasceu antes, estou voltando para casa.

Fingia dormir; de madrugada Solange teve dor de barriga, Nina lhe deu remédio, a trocou, deu mamadeira; por uma hora foi tumultuado, incomodando os outros passageiros, até que ela dormiu. Viajaram a noite toda. Nina estava muito cansada. Chegou à cidade final daquele ônibus, desceu, pegou a mala, foi ao toalete e, após, comprou passagem para a cidade em que sua mãe morava. Tomou leite, pediu para esquentar água, deu mamadeira para Solange e, no horário, nove horas, foi para a plataforma; quando o ônibus estacionou, ela entrou e se acomodou.

"Logo estarei em casa. Casa? Não sei se mamãe me aceitará nem o que aconteceu com eles nesses meses em que estive ausente. E se mamãe tiver morrido? Será? Meu Deus! Eu poderia ter dado notícias, ido à cidade e telefonado para ela ou escrito uma carta. Não o fiz; se eles não sabem de mim, eu não sei deles. Tantas coisas podem mudar em dias, ainda mais em meses. Adolfo! Por que fez isso? Abandonar-me e até sem saber que eu tive a nenê. Ele parecia tão interessado na minha gravidez, recomendava que me alimentasse bem, que eu deveria ficar calma, me agradava; a esposa dele faleceu, e ele foi embora sem se despedir, sem deixar um bilhete. Deixou somente dinheiro para eu voltar para a casa de minha mãe. Estou voltando. Se mamãe não me receber ou se tiver acontecido algo com ela, vou para a casa de vovó Adalina, meu nome é em homenagem a ela, com certeza vovó me acolherá até que eu possa arrumar um local para ficar. Tomara que mamãe me aceite. Estou muito cansada."

Nina de fato estava cansada, exausta mesmo. Arrumou o lenço na cabeça, seus cabelos estavam sujos e emplastrados. Joca não a deixara lavar os cabelos; pela tradição do lugar, teria de esperar quarenta dias depois do parto para lavá-los. Colocou o lenço para escondê-los. Estava diferente, sentia-se suja, necessitada urgentemente de tomar um bom banho. Na casa de Joca tomava banho em pé na bacia e jogando água no corpo com uma caneca.

O ônibus parou na rodoviária, Nina chegou ao seu destino, ela desceu arrastando a mala e foi para o ponto de táxi; entrou em um e deu o endereço de sua mãe. Chegando, pagou o táxi, abriu o portãozinho, bateu na porta e gritou pela mãe:

— Mamãe! Mamãe!

A porta abriu e Rosário a olhou espantada.

— Mamãe, me ajude!

Nina estava a ponto de perder os sentidos, estava no seu limite e se jogou nos braços da mãe.

— Nina! Nina, filha querida! — exclamou Rosário.

A recém-chegada chorou, a mãe a ajudou a entrar na casa, a colocou sentada numa poltrona, pegou a nenê e gritou para uma mulher que a ajudava duas vezes por semana no serviço da casa e que naquele dia estava lá:

— Corra, Cida! Vá à casa da vizinha Sofia, peça para ela vir aqui, e depois vá à casa de Antônia, minha filha, e conte para ela que Nina voltou e que preciso dela aqui. Vá rápido, por favor.

Solange começou a chorar, Rosário a acalentou. Sofia foi a primeira a chegar, não quis saber o que acontecera, pegou a nenê e perguntou a Nina:

— Ela está com fome?

— Sim — respondeu a recém-chegada —, mas eu estou tendo pouco leite.

Sofia havia tido nenê recentemente e tinha muito leite, pegou Solange e lhe deu de mamar. Com a nenê mamando, Rosário resolveu cuidar da filha. Amparando-a, levou-a para a cozinha e a fez comer frutas e tomar leite.

A irmã chegou, olhou para Nina e indagou:

— O que aconteceu?

— Saberemos depois — decidiu a mãe —, agora Nina precisa de cuidados e a nenê também. Vou levá-la ao banheiro para que tome banho e, após, descansará. Irá contar o que aconteceu depois. Antônia, ajude Sofia a cuidar da nenê.

Antônia foi à sala, Sofia deu a nenê para ela e decidiu:

— Vou em casa, trarei a banheirinha e roupas limpas, vamos dar um banho na nenê, ela parece cansada, a faça arrotar e depois a coloque na cama.

Sofia foi à sua casa e voltou rápido trazendo o que achava que ia precisar. Esquentaram água e deram banho na nenê, que se deliciou com a limpeza. Sofia colocou nela roupas limpinhas, Antônia forrou a cama da mãe e, após, Sofia a amamentou novamente, a colocou na cama, e Solange dormiu.

Nina tomou banho com a mãe no banheiro, Rosário sentiu medo de a filha cair. Nina se sentiu melhor limpa, com os cabelos lavados, e colocou uma de suas roupas que havia deixado. Sentiu-se melhor com o banho, sua mãe a fez se alimentar novamente e, depois, ela foi para seu antigo quarto, deitou na sua cama e dormiu. Acordou na hora do jantar, e Nina viu Sofia amamentando Solange.

— Nina, estava dando leite para o banco de leite materno do hospital, agora amamentarei sua filhinha, mas você deve tentar também amamentá-la, principalmente à noite. Dê mamadeira somente se for necessário.

— Eu abri sua mala — disse Rosário —, a mochila e lavamos todas as roupas. A menina já tem nome?

— Solange! — exclamou Nina. — Ela é meu sol, que irradia vida e amor. É Solange!

— Lindo nome! — concordou Rosário.

Antônia veio vê-las, não perguntou nada nem Nina falou. Foram dormir. A mãe arrumou um berço emprestado e colocou no quarto de Nina. Solange acordou duas vezes, Nina a trocou e lhe deu de mamar. Agora, tranquila por ser aceita pela mãe, pela família e por estar abrigada, ficou calma e conseguiu amamentar a filhinha.

No outro dia, Rosário ajudou Nina em tudo; Antônia comprou banheira, toalhas, fraldas, muitas coisas para Solange. Antônia deu banho na sobrinha. Rosário olhava a filha, estava preocupada com ela. Nina resolveu explicar à mãe e à irmã o que lhe acontecera:

— Sei que fui uma filha problemática! Arrependo-me! Fui embora de casa, estava grávida e fui para longe. Adolfo estava feliz com minha gravidez. Fiquei com ele numa fazenda, ele foi lá para vendê-la. Perto de eu ter a criança, do parto, ele me levou para a casa de uma parteira, e lá eu tive Solange e uma decepção. Adolfo foi embora. Vendeu a fazenda e partiu, somente me deixou dinheiro para voltar, e voltei. O trajeto foi muito difícil. Cansei-me muito.

— Você sabe onde procurá-lo? O nome dele completo? A cidade em que ele mora ou morava? — Antônia quis saber.

— Não! Não sei o nome dele completo — respondeu Nina e se assustou.

"Não sei muito dele. Que irresponsabilidade!"

— Não sei — Nina repetiu. — Sinto! Não sei muito sobre ele, Adolfo disse que viajava, mudava muito, ele vinha aqui duas a três vezes por semana e nós nos encontrávamos. Fiquei grávida e achei que encontrara a solução indo embora com ele. Desculpe-me, mas eu não sei o nome dele completo.

— Não faz mal — opinou Rosário —, esse Adolfo sabe onde encontrá-la, embora pense que ele não o fará, deve ter outros planos que não sejam filhos para criar. Se você não sabe quem é ele, o melhor é deixarmos para lá e cuidar de vocês duas.

— Mamãe, me perdoe! Juro que nunca mais lhe darei preocupações — rogou Nina.

— Espero, Nina — respondeu Rosário —, que você tenha de fato aprendido a lição que a dor lhe deu, poderia ter aprendido pelo amor o que eu tentei ensiná-la. Espero realmente que você não necessite ter uma nova lição pela dor.

— Irei marcar para você — determinou Antônia — uma consulta com médico ginecologista e outra para Solange com um pediatra. Quero vocês duas bem. Solange parece pequena para quem tem trinta dias. Tudo bem, Nina? Posso marcar?

— Sim, obrigada! — Nina realmente estava agradecida.

Antônia as levou; primeiro Nina ao ginecologista, que a examinou, disse que o parto fora bem-feito e lhe receitou vitaminas. A pediatra também achou Solange sadia, pediu para vaciná-la no período certo, mudou o remédio para dores da barriga e também receitou vitaminas. Nina usou, para isso, o dinheiro que Adolfo lhe dera e lhe restou pouco.

Sofia continuou vindo três vezes por dia para amamentar Solange, que engordara.

— Nina, para fazer a carteirinha de vacinação para Solange — alertou Antônia —, ela precisa ser registrada. Posso ir com você ao cartório, você a registrará como sua filha e infelizmente sem o nome do pai.

Nina agradeceu, a mãe e a irmã estavam fazendo muito por ela. Nina registrou Solange. Sentindo-se bem, ela passou a ajudar a mãe nas tarefas domésticas e a ficar com os dois sobrinhos, filhos de Antônia, sua irmã, para o casal sair. Estava muito agradecida.

"Adolfo", pensava Nina, "sabe onde me encontrar, porém penso que ele não o fará, com certeza eu não irei saber o que aconteceu. Por que ele foi embora. Com motivo ou não, ele me deixou. De fato, eu não sei muitas coisas sobre ele nem onde procurá-lo. Um dia vi de relance o RG dele: li Adolfo, pareceu que havia mais três nomes e que o segundo começava com 'Sil', não sei se era outro nome próprio ou sobrenome. Fui, de fato, reconheço, irresponsável, mas vou mudar, não quero nunca mais dar preocupações à minha mãe".

Nina não saía de casa e começou a pensar como se sustentar e a filhinha.

# CAPÍTULO 4
## Adolfo

Vamos contar o que ocorreu com Adolfo. Ele teve uma infância complicada. A mãe dele morrera quando ele estava com dois anos. Seu pai contara a ele que a mãe, logo depois de ele nascer, se sentiu mal, foram a médicos e constataram estar com leucemia. Fez tratamentos, mas não adiantou, e ela falecera. Seu pai não se dava bem com os familiares dele, brigaram por motivo de partilha de bens. De fato, eles não se relacionavam. A família da mãe dele morava longe e Adolfo nem os conhecia. O pai dele tentou, do melhor modo que conseguiu, cuidar dele, o levava à creche para que pudesse trabalhar. Um ano e seis meses depois que enviuvara, casou-se novamente. Adolfo não gostava da madrasta nem dos dois irmãos que nasceram dessa união de seu pai. Seu genitor, cansado de desavenças, ficava do lado da esposa. Adolfo se sentia desprezado e sozinho; com quatorze anos terminou o ensino fundamental, parou de estudar, arrumou um emprego num bar, saiu de casa e foi morar numa pensão. Sofreu, sentia-se sozinho, o pai lhe pareceu aliviado de ele se afastar, não queria mais desavenças no lar. Nem o pai nem os dois irmãos foram vê-lo, ignoraram-no. Adolfo prometeu a si mesmo nunca mais procurá-los, vê-los. Cumpriu a promessa. Juntou dinheiro com muito sacrifício e trabalhando muito, então foi embora da cidade, não se despediu de ninguém, não avisou à família. Foi para uma outra cidade, não longe, logo arrumou um emprego num posto de gasolina. Pagava a pensão onde ficava e se alimentava, sobrava muito pouco do seu salário. Novamente juntou dinheiro e foi para longe, para outro estado, para uma cidade de porte grande. Arrumou dessa vez um emprego de vendedor numa loja de sapatos. Passou a ganhar melhor, esforçava-se para vender porque recebia comissões. Foi morar numa pequena quitinete perto da loja e pôde comprar roupas e se alimentar melhor.

Mas Adolfo era ambicioso, queria melhorar de vida, fazia planos e, nestes, estava trabalhar mais ou ter um emprego melhor. O proprietário da loja em que trabalhava tinha outra no shopping, ele então passou a trabalhar nessa outra loja às segundas, quartas e sextas-feiras à noite; saía da loja às dezoito horas, tomava banho, jantava, ia para o shopping às vinte horas e ficava até as vinte e duas horas; também ia nas tardes de sábado e ficava até as vinte e duas horas; e, no domingo, o expediente todo. Não tinha lazer, porém recebia um bom ordenado; fez um tratamento dentário com um bom dentista, ia às terças e quintas-feiras à noite, e comprou roupas. Trabalhou nas suas férias e guardou dinheiro. Estava com vinte e um anos e ia fazer vinte e dois quando lhe aconteceu algo diferente. Adolfo atendeu uma moça na loja do shopping; como sempre, ele atendia os clientes com atenção e se esforçava sempre para ser agradável.

A moça comprou dois sapatos, voltou dias depois e esperou para ser atendida por ele. Ela comprou um chinelo para dar de presente para o pai. Voltou outras cinco vezes. Ela se chamava Amélia. Na sexta-feira, quando Adolfo saiu e ia pegar o ônibus, Amélia o esperava; ela estava dirigindo um carro caro e ofereceu carona. Adolfo hesitou, mas acabou aceitando; ela o convidou para um lanche, e ele hesitou novamente, mas ela se ofereceu, já que estava convidando, para pagar. Ele aceitou, lancharam, e ele disse que tinha de dormir porque levantaria cedo no outro dia.

— Você não tem dia livre? Como nós nos encontraremos? — queixou-se Amélia.

Ela passou a ir todas as noites, às vinte e duas horas, esperá-lo; às vezes conversavam no carro ou iam lanchar, e ela pagava. Fizeram isso por um mês. Foi Amélia quem encontrou uma solução:

— Adolfo, se estamos nos encontrando, estamos namorando. Quero namorar como todo mundo. Meu pai está preocupado por eu sair tarde de casa para vê-lo. Quero que você deixe esse extra para que possamos nos encontrar como todos os namorados e passarmos os domingos juntos.

Adolfo explicou:

— Amélia querida, eu somente com um ordenado, o da loja, dá para pagar apenas minhas contas e não sobra nada. Não poderei pagar nada para você.

— Darei dinheiro para você — disse Amélia.

— Não, isso não! — exclamou Adolfo envergonhado.

— Não seja orgulhoso. Sou rica, tenho o meu dinheiro. Não o estarei sustentando, mas ajudando.

Adolfo ficou de pensar e Amélia insistiu.

Ele acabou por acatar a sugestão dela, avisou o patrão que ia deixar de fazer o extra e, dez dias depois, ficou somente com um emprego. Pôde então passar as tardes de sábado e o domingo todo passeando, ir ao cinema e a restaurantes à noite, e era Amélia quem pagava. Adolfo não conhecia esses locais, não passeava, gostou de conhecer lugares e de namorar Amélia, gostou dela, embora às vezes a achasse estranha e também suas conversas confusas, mas não deu importância, estava feliz. Pela primeira vez em sua vida, uma pessoa se preocupava com ele. E também se sentia contente por estar conhecendo outro modo de viver, passear, se vestir com roupas caras e boas e se alimentar com comidas diversas e gostosas.

Numa tarde de domingo, a namorada disse a ele que o pai dela queria conhecê-lo. Amélia falava pouco dela, contou que a mãe morrera quando ela era adolescente; que tinha um irmão doente, mas não falou o que ele tinha; que o pai viúvo se preocupava com eles. Adolfo foi e se surpreendeu, Amélia morava com o pai e o irmão numa chácara localizada num bairro bom da cidade. O local era muito seguro, muros altos, portões reforçados. A construção ficava no centro do terreno, a casa era grande. Adolfo entrou na casa, se sentia receoso, ficaram na sala e logo um senhor veio cumprimentá-lo.

— Boa tarde, moço! Sou o pai de Amélia.

Adolfo respondeu o cumprimento. Foi convidado a se sentar, o fez, e o pai de Amélia foi logo ao assunto:

— Adolfo, vocês estão namorando. Amélia está gostando de você, e ela me disse que você, dela. Porém estão se relacionando sexualmente, por isso quero que firmem o namoro e que se casem.

Adolfo se assustou, mas se esforçou para não demonstrar. De fato, os dois estavam se relacionando, porém Amélia não era virgem quando a conhecera, este fato não lhe fazia diferença. Realmente estavam namorando, ela falava que gostava dele, e ele também gostava dela, mas firmar o namoro ou casar não estava em seus planos. Não soube o que responder, e Olavo, assim se chamava o pai dela, o olhou; ele tentava ser simpático, fez uma pausa e indagou:

— Você sabe dirigir?

— Não, senhor — respondeu Adolfo.

— Deve aprender — disse Olavo. — Adolfo, vou lhe fazer uma proposta. Necessito urgente de alguém para fazer coisas para mim, como ir a bancos, pagar contas, receber outras. Saia do seu emprego e venha trabalhar para mim, pagarei a você...

Olavo falou uma quantia que fez Adolfo quase perder o fôlego, era com certeza o que ele ganhava em quase um ano.

O pai de Amélia, após outra pausa, voltou a insistir:

— Saia do seu emprego e venha trabalhar comigo. Com tudo adaptado, vocês se casarão numa cerimônia simples e irão morar numa casa que Amélia tem, que é mais central. Pedirei para o inquilino desocupar e faremos algumas reformas. Vocês morarão lá. Residimos aqui nesta chácara, tenho outro filho, o conhecerá depois, ele é doente. Amélia — Olavo se dirigiu à filha —, pegue para nós um suco gelado. Vamos brindar o acontecimento.

Brindaram com suco de laranja. Amélia não tomava nada de álcool; ele às vezes tomava cerveja, mas entendeu que Amélia não gostava, então não tomou mais.

Depois do brinde, Olavo os deixou sozinhos, Adolfo estava atordoado, mas percebeu que Amélia estava feliz. O casal de namorados foi, após, ao centro da cidade, lancharam, e ela o levou para a sua quitinete.

Adolfo estava ainda atordoado, resolveu pensar nos acontecimentos no outro dia e dormiu.

No outro dia, no seu trabalho, escutou duas colegas falando dele. Aproximou-se e pediu:

— O que falam de mim? Contem-me, por favor.

Adolfo sempre fora gentil, bom colega, fazia favores e recebia também. As duas se olharam, e uma delas resolveu contar:

— Adolfo, comentávamos que você tem saído com aquela moça, você disse que ela se chama Amélia. Soubemos que ela é rica, mora numa chácara grande, mas falam que eles são estranhos, vivem fechados na chácara e um médico os visita sempre.

Adolfo sorriu e se afastou. Naquele dia pensou muito e acabou concluindo:

"Gostei de ir a restaurantes, comer bem, comidas gostosas que nunca antes havia experimentado. Trabalhava demais e sem folgas, já completei vinte e dois anos. Até quando conseguirei trabalhar assim e sem lazer? Conheci uma vida diferente, estou tendo uma boa oferta de emprego e para trabalhar menos. Casar? Não estava nos meus planos. Amélia é às vezes um pouco diferente, parece ter atitudes incomuns, porém eu não tenho como comparar, não namorei antes ninguém firme. Gosto dela, sinto que a amo. Amélia é quatro anos mais velha que eu, mas não tem importância. O fato é que eu estou tendo uma grande oportunidade de mudar de vida. Por que recusar? A sorte não costuma bater na porta da gente muitas vezes. Vou aceitar."

À noite contou para Amélia sua decisão, ela ficou contente. Saiu do emprego, passou a trabalhar com Olavo e a ter aulas de habilitação duas vezes por dia. Logo recebeu sua carteira e passou a dirigir o carro de Amélia ou um dos de Olavo, ele tinha três. Continuou morando na quitinete, o trabalho agora era pouco; levava Celina, uma empregada de muitos anos, que cuidava da casa, ao supermercado ou a outros locais para que fizesse compras; ele ia a bancos pagar contas, tirar extratos. Adolfo percebeu que Olavo era de fato rico e que Amélia também tinha muito dinheiro, pois recebera herança da mãe e de um tio, o irmão também tinha muitos bens.

Quando Adolfo conheceu Olavinho ficou sem saber o que pensar, naquele dia ele estava calmo, como explicou Amélia. Olavinho cumprimentou o namorado da irmã sem olhá-lo. Adolfo, obedecendo a namorada, não o encarou. Olavinho não gostava que o olhassem. Sentaram-se para comer, ele orou agradecendo a comida, se serviu e não falou nada. Ficou de cabeça baixa e se alimentou; quando ele terminou, os três, Olavo, Amélia e Adolfo, ainda estavam comendo, e ele disse de cabeça baixa:

— Acabei! Posso ir para o quarto?

— Sim, pode, meu filho — autorizou Olavo. — Boa noite! Despeça-se de Adolfo.

— Boa noite! — Olavinho disse sem levantar a cabeça.

Saiu da sala; Celina, a empregada, que estava de pé, atenta a servir, foi atrás dele.

Adolfo discretamente observou Olavinho, ele estava acima do peso, mas não era obeso, tinha os cabelos avermelhados como o pai, Adolfo o achou parecido com o sogro; Amélia se diferenciava dos dois, tinha os cabelos pretos, lisos, usava-os nos ombros, olhos escuros, ela era bonita, Adolfo achava.

Jantaram, e o casal, após, se sentou na área em frente da casa onde tinha um jardim, que não era bem cuidado, mas também não estava abandonado. Aproveitando que Amélia estava bem, ele entendeu que a namorada estava bem quando falava mais, a indagou:

— O que seu irmão tem? Parece sadio.

— Seu corpo físico de fato está sadio, quando ele sente alguma coisa, dor, doutor Felix trata dele. Olavinho é doente da cabeça.

Amélia parou de falar; Adolfo, querendo saber mais, a indagou:

— Que doença? O que ele tem? Nasceu assim?

— Não, ele adoeceu depois — explicou Amélia. — Ele tem crises, às vezes fica dias bem, mas não gosta de sair de casa e permanece muito no quarto dele. Quando Olavinho tem crises, temos de ter cuidado, porque ele pode ficar agressivo. Mas não se preocupe, se não mexer com ele, meu irmão não mexe com ninguém. Olavinho obedece meu pai.

Naquela noite, Adolfo demorou para dormir, ficara impressionado com o irmão de sua namorada, pensou muito, mas não concluiu nada e resolveu esquecer o assunto. Estava com muitas tarefas para fazer e queria fazê-las bem-feitas. Amélia o queria bem-vestido e ele comprou várias roupas. O ordenado que estava recebendo, uma parte ele guardava, a outra gastava. O fato era que ele estava gostando de viver com mais dinheiro, comprar coisas para si e se alimentar melhor.

Amélia, por umas três vezes nesse período em que namoravam, disse não estar bem, não querer sair ou vê-lo. Adolfo aceitou sem questionar. Olavo os levou à casa em que iam morar, ele gostou e não deu palpite na reforma. Amélia escolheu tudo, ele estranhou, porque ela optou por cores escuras, a pintura das paredes, os móveis e o sofá.

"Gosto é gosto", concluiu Adolfo. "Para mim está tudo bem, nem nos meus pensamentos de grandeza imaginei morar numa casa boa assim."

Casaram-se numa cerimônia simples com separação total de bens, Amélia não modificou seu nome, mas ele sim; um advogado contratado conseguiu que ele tirasse o sobrenome de seu pai e pusesse o de Olavo. Adolfo ficou contente por isso. Após o casamento, foram almoçar num restaurante, e os noivos foram para sua casa nova, onde passaram a residir. Celina, uma semana depois, foi morar com eles, ocupando uma outra suíte, na casa havia três.

Foi morando junto que Adolfo entendeu que Amélia também era doente, que tomava muitos remédios controlados que o doutor Felix receitava, que ela também tinha crises e que, quando isso ocorria, se trancava no quarto e somente Celina entrava. Amélia ia sempre ao consultório do doutor Felix e, nas suas crises, ele vinha vê-la em casa. Quando se sentia melhor, saía de casa, queria passear, fazer compras, ir a restaurantes.

Adolfo não sabia nem o que pensar ou como agir, resolveu se adaptar.

Dois anos se passaram, Olavo o mandou a uma outra cidade, que ficava a uns duzentos quilômetros; ele foi de carro, essa cidade era grande e com muitas universidades. Era para Adolfo vender um terreno que Olavo tinha; antes, teria de acertar a documentação e o avaliar; após, colocaria à venda em uma imobiliária. No primeiro dia, andando pela cidade, ao passar por uma loja, conheceu Adalina, a Nina; a olhou porque a achou muito parecida com Amélia, cabelos lisos pretos, olhos escuros e ambas pareciam ter o mesmo peso e altura. Olharam-se, conversaram e marcaram um encontro para quando ela saísse do trabalho; foram jantar e marcaram outro encontro, passando então a se ver e a se relacionar sexualmente. Ele contou que era casado e infeliz no casamento. Mas ele não se sentia infeliz, desfrutava de tudo o que queria materialmente, mas sua relação com Amélia era complicada. Ele tinha de continuar indo àquela cidade, porém o fez mais que o necessário para se encontrar com Nina; para esses encontros serem mais fáceis, ele a fez sair do emprego e passou a dar dinheiro a ela.

Amélia decidira ser mãe, isso assustou Adolfo, que foi conversar com o doutor Felix.

O médico o recebeu em seu consultório, e o esposo de Amélia pediu:

— Doutor Felix, preciso saber, o que tem minha esposa?

— Ela é somente bipolar, muda de humor, ora está deprimida ora eufórica.

— Amélia irá se curar? — Adolfo quis saber.

— Ela está bem assim — respondeu doutor Felix.

O médico se levantou, dando a conversa por encerrada.

Adolfo não se conformou e resolveu ter uma conversa franca com o sogro.

— Senhor Olavo, penso que preciso saber o que acontece com Amélia. O que ela tem? Preocupo-me com ela. É a mesma doença de Olavinho? Por favor, preciso saber. Será que não podemos levá-la a outros especialistas, a outros médicos?

— Tudo bem, meu genro — disse Olavo —, é melhor você saber. Minha esposa, a mãe deles, era doente, doença mental, e meus dois filhos também são doentes. A do Olavinho é bem pior, seu estado é preocupante. Amélia passa períodos bem, outros nem tanto, pelo menos ela não é agressiva. Você fez muito bem à minha filha; desde que ela o conheceu, melhorou muito. Quanto a outros médicos, já procurei, até no exterior, e concluímos que o doutor Felix é quem sabe melhor cuidar deles, pelo menos o tratamento não os faz sofrer mais. Não se preocupe assim, Amélia é uma boa pessoa.

Adolfo não se conformou, mas aceitou; só que Amélia insistia em ter filhos, então ele voltou a falar com o sogro e se surpreendeu com a resposta:

— Meu genro, filhos farão bem a Amélia. Você sabe que sou rico, Olavinho e Amélia também são. Queria muito ter herdeiro, um neto.

Adolfo consultou um ginecologista, contou a ele que a esposa por anos tomava remédios e escutou que: para ela engravidar, teria de parar de tomar aquelas medicações e fazer um tratamento antes. Seria arriscado engravidar com tantas drogas fortes, havia risco de ela sofrer um aborto ou de a criança nascer com sequelas.

Adolfo se preocupou e tentou convencer a esposa a não engravidar, mas ela o fez. Então ele teve uma ideia e enganou Nina, a fazendo engravidar.

Pensou, planejou:

"Nina engravida, tem o nenê, eu fico com essa criança, e Amélia terá uma criança sadia. Troco as crianças, a de Nina pela de Amélia, assim terei um filho sadio, porque com certeza a doença de Amélia é hereditária."

Não sabia como ia tornar seu plano realizável; foi Amélia que, sem saber, encontrou a solução. Ela queria ter o filho ou filha numa fazenda distante, onde nascera.

— É lá que quero que nosso filho ou filha nasça! Lá! Vamos para lá!

Amélia havia parado de tomar os remédios mais fortes e estava tomando alguns outros que o doutor Felix receitara. E estava como sempre, algumas vezes mais agitada, outras tranquila. Novamente, Adolfo foi conversar com o sogro sobre o que Amélia queria fazer e se surpreendeu com a resposta:

— Vá com ela, faça o que Amélia quer, porque, quando ela quer algo, não muda de opinião e vira um tormento. Essa fazenda é longe, está quase abandonada, lá moram duas famílias, dois empregados para tomar conta. Lá, fui poucas vezes logo que mudamos, depois não fui mais, faz anos que não vou. Essa fazenda é da Amélia. Quero que, lá, você a venda, faça Amélia a vender. Eu não quero voltar lá e penso que Amélia, depois do parto, também não irá querer voltar. Então, aproveite que vai lá e a venda.

Com a decisão de que iriam para a fazenda, Amélia se animou e comprou muitas coisas para o nenê, roupinhas, berço, carrinho, e começaram os preparativos para a viagem. Celina os acompanharia, porém eles levariam somente poucas coisas, o que fosse realmente necessário, porque voltariam logo.

Adolfo também preparou a viagem de Nina, lhe deu dinheiro e organizou como ela iria. Também pediu para ela comprar o enxoval para o neném.

— Nina — disse Adolfo —, minha esposa está muito doente, ela quer ir para a fazenda onde nasceu e queremos vendê-la. Vamos para lá e você irá também. Ficando viúvo, casamos no mês seguinte. O médico que cuida dela me explicou que Amélia tem uma doença grave no coração e pode morrer a qualquer momento.

Adolfo exagerou, de fato Amélia tinha uma doença cardíaca, mas, para ele, não era grave.

— Penso — continuou Adolfo a falar — que minha esposa quer ir lá para morrer onde nasceu.

— Isso é triste! — Nina expressou suspirando.

— É sim. Mas eu estou tentando ser um bom marido.

Nina acreditou, resolveu ir com ele, também porque não tinha alternativa. Sua mãe falava sempre que não a aceitaria como mãe solteira.

— Quando nós casarmos, tudo ficará bem, sua família nos aceitará — incentivou Adolfo.

Mas o plano dele era trocar as crianças ou ficar com as duas, dar dinheiro a Nina, sumir da vida dela e ficar com Amélia.

Foi trabalhoso arrumar tudo; Adolfo, Amélia e Celina partiram de carro para a fazenda. Pararam muitas vezes, Amélia ora se alegrava, ora ficava calada. Ela sentia falta dos remédios fortes. Doutor Felix recomendou que voltasse a tomá-los logo após o nenê nascer.

Chegaram à fazenda; como foram avisados, os empregados limparam bem a casa e os esperavam.

Amélia se alegrou ao rever a fazenda, o local onde morara na infância; escolheu o quarto para dormir, o que fora dela, o esposo dormiria no dormitório ao lado, e Celina, no outro lado.

Arrumaram tudo e, no outro dia, Adolfo foi à cidade, comprou colchões novos, travesseiros, roupas de cama, banho e alimentos. Celina passou a cozinhar e as duas mulheres dos empregados vinham fazer o serviço da casa.

Adolfo arrumou o cômodo no quintal. Os dois, Celina e Adolfo, estavam jantando sozinhos, Amélia se alimentava no seu quarto. A empregada se queixou:

— Penso, senhor Adolfo, que não deveríamos vir para cá, porém, quando Amélia decide, quer algo, ninguém a faz mudar de ideia.

— Amanhã vou à cidade, que é mais longe e maior que essa vila perto, para pedir ao médico para vir ver Amélia e darei a ele a carta do doutor Felix.

Aproveitando que os dois estavam sozinhos, Adolfo falou para Celina:

— Quero falar com você uma coisa. Celina, eu consultei outro médico, um especialista, ginecologista, que me disse que, com os remédios que Amélia tomou por tantos anos, não era prudente engravidar sem antes fazer outro tratamento e que provavelmente essa gravidez não iria em frente ou, se fosse, a possibilidade de a criança nascer com sequelas era grande. Celina, o senhor Olavo é rico, Amélia e Olavinho também o são. Se eles não tiverem herdeiros, toda a fortuna, quando eles falecerem, irá para o governo. O senhor Olavo tem esperança nesse neto ou neta. Conheci uma moça que engravidou, não quer a criança e me vendeu. Ela está vindo para cá, ficará no cômodo do quintal, terá a criança e me dará, porque eu já a comprei e, após ter a criança, essa moça irá embora. Se o neném da Amélia nascer, teremos dois; se ambos forem sadios, melhor; se não forem, pelo menos um será. Se isso ocorrer, serão gêmeos, e, se Amélia abortar, teremos o dessa moça.

Celina escutou calada; Adolfo, a vendo indecisa, voltou a falar, apelando para o amor que Celina sentia por Amélia.

— Celina, sei que você ama Amélia como se fosse sua filha, eu também a amo. Pense: como Amélia reagiria tendo o filho morto ou deficiente? Será que ela conseguiria reagir? Superará esse fato? Porém, com uma criança sadia, Amélia com certeza irá se curar. Se eu fiz bem a ela, imagine um filho. Concorde comigo, Celina, e me prometa não falar disso a ninguém.

— Amélia — concluiu Celina — talvez não consiga reagir se tiver o filho morto ou com deficiência. A pobrezinha sofrerá muito. Você tem razão, e a fortuna dessa família ficará para o governo. Vou concordar com você e o ajudarei. Se essa moça quer vender o filho e você o comprou, ele é nosso e tudo fica bem.

Nina chegou à fazenda e Adolfo a instalou no quarto do quintal. Celina preparava para ela e para Amélia comidas saudáveis, mas não foi vê-la. Adolfo estava muito preocupado com a situação. Amélia não saía do quarto e piorava muito, aceitava somente Celina, que lhe dava banho e comidas às vezes na boca.

Adolfo foi à fazenda vizinha, esse vizinho sempre quis comprar a fazenda e negociou a venda. Desde que chegaram, Adolfo ia à vila e telefonava para o sogro, e Olavo deu ordens para que ele vendesse a fazenda e deixasse combinado que ele a desocuparia após a criança nascer. O genro dava notícias a Olavo de Amélia, que tudo estava bem na gravidez, mas com ela não, que somente piorava.

O médico vinha à fazenda duas vezes por semana para examinar Amélia, que às vezes não o aceitava e, por duas vezes, o mordeu. Celina e Adolfo o acudiram.

Celina encontrou a solução:

— Senhor Adolfo, esse médico gosta de beber, vamos dar bebidas a ele, que fará o que quisermos. Se Amélia entrar em trabalho de parto, eu faço, fui eu quem fiz os da dona Zilá, Amélia e Olavinho nasceram comigo. Fiz recentemente um curso de parteira. Podemos facilmente ficar com as duas crianças ou com a sadia.

Nina estava bem e tranquila na gravidez. Celina a viu de longe e achou a moça parecida com Amélia.

Amélia aparentava estar doente, emagrecera, mas a barriga crescia.

Uma pessoa do cartório veio à fazenda, Adolfo enganou a esposa, disse a ela que tinha de assinar um comprovante de que estava grávida. Amélia assinou vendendo a fazenda.

Os dias se passaram com a rotina.

Amélia completou seis meses de gravidez, passou mal, e a criança nasceu morta. Celina fez o parto e Adolfo ajudou. O feto era todo defeituoso. Celina o embrulhou numa toalha e, à noite, Adolfo o enterrou no jardim.

Celina e Adolfo conversaram:

— Senhor Adolfo, como aquele médico que o senhor consultou afirmou, o feto era defeituoso. Concordo ainda mais com o senhor, deve ficar com a criança que comprou. Não vamos falar nada a Amélia que ela perdeu a criança, ela não está entendendo nada mesmo, pensará que continua grávida. E nós, dando bebida para o médico e junto colocando o remédio forte que Amélia toma, ele fará o que nós sugerirmos. Ele está com medo de examiná-la, será fácil enganá-lo. Estou fazendo isso por Amélia, porque sei que ela não aguentará saber que seu filhinho não irá nascer. Para ela, a outra criança será o seu filho. Vamos voltar a dar a medicação forte para Amélia que, com certeza, melhorará.

— Celina — Adolfo falou, ele estava indeciso —, o doutor Felix me disse que Amélia tem uma doença no coração e que esses remédios podem agravar a doença. O que fazer? Podemos levá-la embora, colocá-la internada num hospital e lá tomar a medicação certa. Ou ficamos aqui, esperamos a moça ter a criança e então vamos embora. Ajude-me a decidir.

— Senhor Adolfo — Celina deu sua opinião —, Amélia sofrerá em demasia ao saber que a criança que esperava nasceu morta. Nós sabemos dessa sua doença cardíaca. Amélia já deu muitas preocupações a mim e ao senhor Olavo. Ela já foi internada muitas vezes e se queixou de que sofreu muito nessas internações, fez com que eu e o pai jurássemos que não a internaríamos novamente, disse que ela preferia morrer a voltar para um hospital. Não concordo com mais uma internação e, se puder, o impedirei. Amélia, quando conheceu o senhor, se animou, melhorou, e o senhor Olavo não se importou por ser pobre. Ela quis ter um filho, esse fato nos preocupou também. Porém o senhor Olavo sabe muito bem que, se não tiver herdeiro, toda a sua fortuna irá para o governo. Ele arriscou, concordou com a filha para que nós viéssemos para cá, para ela ter a criança. Mas o neném de Amélia nasceu morto, era deficiente, malformado. Vamos ficar na fazenda e cuidar dela, enganar o médico e pegar a criança dessa mulher que a vendeu. O que essa moça é do senhor? Como a conheceu?

— Somos agora cúmplices e não vou lhe esconder nada. Sabe bem que minha vida com Amélia estava complicada, porém eu a amo. Quando o senhor Olavo me mandou ir a outra cidade resolver um assunto para ele, eu conheci essa moça, ela é fútil, volúvel, não se importou por eu ser casado, ela engravidou e não queria a criança, eu propus a ela ficar com o neném e em troca lhe daria dinheiro. A moça aceitou e eu a trouxe para cá. Ela terá a criança e eu fico com ela. Nina me vendeu o filho; quando o neném nascer, ela irá embora com o dinheiro.

— Pelo menos é seu filho!

Dias depois, Celina encontrou a solução.

— Senhor Adolfo, Amélia só piora, tenho lhe dado os remédios, ela não reage. Mas o que quero lhe falar é o seguinte: aqui perto da fazenda mora uma mulher que é parteira, uma pessoa que cuida dos doentes por aqui. Ela é pobre. O senhor deve ir à casa dela e fazer uma proposta para Nina ficar lá, logo a criança dela irá nascer, sua barriga está enorme. Dona Joca, assim se chama essa parteira, deve hospedá-la e, quando Nina entrar em trabalho de parto, ela manda o garoto que faz serviços para ela nos avisar. Nina não pode ter essa criança aqui. E como irmos embora e deixá-la? Lá, essa moça ficará uns tempos com a parteira. Estaremos com tudo arrumado, então pegaremos a criança e partiremos. Somente você e eu saberemos dessa ação e eu prometo não falar, juro pelo sangue que Jesus derramou na cruz que nunca irei falar a alguém sobre isso.

Foi o que Adolfo fez, foi procurar Joca e falou a ela somente o que achou essencial:

— Dona Joca, pagarei a senhora para que me faça um serviço. Tenho uma irmã grávida que está na fazenda, ela logo terá a criança. Quero que a hospede e faça o parto. Mas... Nina não quer a criança, e eu, sim. Quando o neném nascer, eu o quero e, para que Nina não se arrependa, a senhora dirá a ela que a criança nasceu morta e que a enterrou.

Joca escutou calada, não acreditou na história de "irmãos", ele devia ser o pai, era casado com a dona da fazenda.

"Ele quer se desfazer da amante, mas ficar com o filho", pensou.

Ele, vendo Joca indecisa, completou:

— Para isso lhe darei essa quantia de dinheiro.

Era muito e, para Joca, uma fortuna. Ela abriu os olhos, estava surpresa.

— Com esse dinheiro — reforçou Adolfo —, não precisará se preocupar com a velhice, poderá comprar esse pedaço de terra ou uma boa casa na cidade, terá conforto para a velhice.

Adolfo explicou com mais detalhes o que queria, conversaram, e Joca aceitou. Com tudo acertado, ele levou Nina, à noite, para a casa da parteira.

Amélia piorou. Celina sentiu que sua menina iria partir para o Além. Na visita do médico, eles deram ainda mais bebida para ele, que dormiu lá, mas, antes de ele dormir, Adolfo o fez assinar uma comprovação de que Amélia tivera um filho. Adolfo preparou tudo, e o médico assinou com a caneta do dono da casa, que deixou para ser preenchido depois o sexo da criança. O médico assinou sem ler, estava embriagado.

Amélia piorou e desencarnou tranquila naquela tarde, sem saber se tivera ou não a criança e sem retomar a consciência. O médico foi de novo chamado e fez a certidão de óbito. Adolfo colocou como se tivesse sido à noite.

Adolfo e Celina choraram, ambos sentiram muito.

— A pobrezinha — lamentou Celina — agora parou de sofrer. Que Deus a tenha em Sua glória!

Adolfo realmente sentia muito, estava sofrendo.

No outro dia, somente os dois, Adolfo e Celina, levaram o corpo para a cidade, compraram o caixão, levaram à igreja, o padre benzeu o corpo e foram para o cemitério; o coveiro, que fora avisado por um dos empregados da fazenda, já tinha tudo preparado. Enterraram Amélia no túmulo de seus avós maternos.

Adolfo e Celina estavam muito tristes. Adolfo telefonou para o sogro e lhe deu a notícia: a criança nascera e Amélia morrera. Olavo não falou nada, parecia que sabia que isso ocorreria.

Estava escurecendo quando o garoto, Jonas, que ajudava Joca, foi lhes dar a notícia de que a criança iria nascer à noite.

Celina e Adolfo fecharam-se na casa, os dois arrumaram tudo para viajar com uma criança. A empregada havia comprado leite, mamadeiras, tudo o que poderiam usar na viagem com um recém-nascido. Ele pagou os empregados, pediu para avisar o comprador da fazenda de que ele poderia se apossar dela.

À noite os dois saíram da fazenda. A casa de Joca ficava no caminho que os levaria à vila, à pequena cidade. Ele parou o carro na estrada, perto da casa dela. Joca veio rápido e informou que logo o neném nasceria.

Os dois aguardaram. De fato, logo Joca lhe deu o sinal, ela abriu a porta e, com a lamparina, subiu e desceu. Adolfo rapidamente se aproximou, a parteira lhe deu a criança e informou:

— É uma sadia e bonita menina!

Adolfo a pegou com cuidado e deu dois envelopes para Joca, não disse nada; virou e, andando rápido, entrou no carro, deu a criança para Celina, que estava no banco de trás, e partiu.

# CAPÍTULO 5
## Bênçãos e maldições

Mas por que Adolfo concordou com a esposa de ir a uma fazenda distante com ela doente e grávida?

Adolfo começou a perceber no namoro que alguma coisa não estava bem com Amélia nem com a família dela.

O irmão, Olavinho, não saía de casa; quando ele estava melhor, ele andava pela chácara, porém não saía de lá. Enquanto eles namoravam, Adolfo fora poucas vezes à casa do sogro; foi quando passou, por causa do trabalho, a ir mais que viu que Olavinho ficava muito no quarto, alguns dias até trancado, e, quando muito violento, acorrentado, porque ele agredia pessoas. O pai tinha um cajado que dava choque, Olavinho tinha muito medo de choque e obedecia ao pai. Na chácara havia poucos empregados: um jardineiro, que também limpava o quintal; Celina, que coordenava todo o trabalho da casa; Elisa, que a ajudava; e uma outra, que auxiliava na limpeza e vinha duas vezes por semana. O senhor Olavo comprava comida pronta num restaurante pelo menos duas vezes na semana.

Voltemos agora à viagem dos dois, agora três: Adolfo, Celina e a nenezinha.

Saíram da frente da casa de Joca, passaram pela vila ainda escura. Adolfo prestava muita atenção no caminho para não se perder, estava atento, a nenê dormia e Celina também. Foi um alívio quando chegou à rodovia com asfalto e o dia começou a clarear. Celina também acordou e falou:

— Senhor Adolfo, a nenê dorme; quando pararmos, irei trocá-la e oferecer a mamadeira com o leite. Ela está tranquila. Ela vai mesmo se chamar Solange?

— Sim, foi o nome que Amélia escolheu.

Pararam num posto onde havia um restaurante. Celina levou a nenê no bebê-conforto ao trocador e a trocou, depois deu a menininha para o pai pegar e foi ao toalete. Celina preparou a mamadeira e tentou dá-la para Solange, que, com dificuldade, tomou um pouquinho de leite. Após, ela e Adolfo tomaram o desjejum. Adolfo reforçou o que já haviam combinado:

— Celina, você jurou que nunca irá contar o que aconteceu. Posso confiar, não é?

— Sim, senhor Adolfo, pode. Jurei pelo sangue que Jesus derramou na cruz, isso para mim é muito sagrado. Tudo o que eu fiz foi por Amélia. Pensava que ela iria ficar bem com a filhinha sadia, mas Deus a levou. Fizemos tudo por ela, mas Amélia quis morrer naquela casa, na fazenda, e você sabe o porquê.

— Lembro que você é minha cúmplice. Com certeza, se falar, irá complicar sua vida.

— Não falo! Sei bem o que já fiz e estou fazendo. Desta vez eu não fiz mal a ninguém. Depois, será, para o senhor Olavo, um presente, ainda mais uma neta, uma descendente sadia. Ele merece essa alegria! Seria muito triste a fortuna deles ficar para o governo. Solanginha herdará tudo.

— Você, Celina, não se arrependerá, prometo que nunca lhe faltará nada. — Adolfo estava sendo sincero.

Terminaram o café, voltaram a viajar. Ele ligou o rádio, escutaram notícias e músicas.

— Vamos parar para o almoço. Estou cansado, quero dormir um pouco após nos alimentarmos — determinou Adolfo.

— Eu darei leite para Solanginha, ficaremos no carro e, se ela dormir ou ficar quietinha, dormirei também.

Assim fizeram. Adolfo escolheu um lugar de sombra e, após se alimentarem, dormiram no carro. Acordou duas horas depois e seguiram viagem. Pararam numa cidade às dezessete horas, foram para um hotel, tomaram banho, Celina deu banho na nenê e oferecia mamadeira de três em três horas. Acomodaram-se num quarto para descansar. Pelos cálculos de Adolfo, eles, parando para descansar, chegariam na tarde do outro dia.

Adolfo se deitou e pensou nos acontecimentos, para ele, muito estranhos.

"Alegrei-me com as gravidezes, a de Amélia e a da Nina. A gravidez da Nina foi providencial. Temia a de Amélia! Amélia! Eu a amei e a amo. Penso que eu não a esquecerei. Tão confusa! Embora eu achasse às vezes Amélia estranha, por ela se isolar por dias, em outros estava ativa. Com certeza era assim por estar doente, dizia ser depressão, mas os remédios que tomava, todos controlados, diziam nas bulas ser para bipolaridade e esquizofrenia. Fiquei muito confuso quando ela quis ir à fazenda, indaguei muitas vezes o porquê de querer ir, ela dizia que lá estaria protegida para ter o filho. 'Protegida de quê?', quis saber e fiz muitas vezes essa pergunta, as respostas eram parecidas. Juntei o que ela dizia: 'Lá na fazenda é fechado, a maldição não entra, não serei atingida pelo mal. Terei o nenê e após voltaremos'. Como doutor Felix suspendeu as medicações, Amélia piorava. Preocupei-me mais com o que o médico ginecologista me falou, e eu não sabia o que fazer. Conversei com o senhor Olavo, pedi a ele para me orientar o que deveria fazer, ir ou não à fazenda, que era longe, e um local de poucos recursos. Escutei dele: 'Meu genro, se Amélia quer ir, você deve levá-la, eu não posso acompanhá-los por causa dos negócios e principalmente do Olavinho, que não tem condição de viajar e não quer sair daqui, não posso deixá-lo sozinho, mas Celina os acompanhará. Vá lá e venda a fazenda, engane Amélia, que não quer se desfazer daquelas terras. Venda! A fazenda é de Amélia. Mudamos de lá, minha filha não mais voltou, e eu, faz tempo que não vou. Mas, pelo que sei, a casa tem condições de recebê-los'. Eu insisti: 'Não é perigoso para Amélia ir para um lugar sem recurso médico, talvez não tenha hospital perto?'. 'Ah, Adolfo! O que é perigoso? Amélia já sofreu muito. Faça o que ela quer. Doutor Felix me disse que é a mente que nos comanda. Se ela pensa, quer que dê certo, dará.' 'Mas e se não der?', preocupei-me. 'Nada pode dar mais errado para minha filha.' 'Será que ela não corre risco?', quis saber. 'Que risco? De morrer? Talvez a morte para Amélia não seja tão ruim assim.' 'O quê?!', indignei-me. 'Adolfo, você não conhece a metade da história.' Olavo estava desolado. 'Penso que seja agora o momento de saber', pedi. 'Estou casado com Amélia, ela espera um filho meu, eu a amo.' 'Adolfo', Olavo resolveu contar, 'a doença de Amélia é grave, talvez piore; como já lhe disse, minha filha já sofreu muito, não quero que sofra mais'. 'Senhor Olavo, eu preciso saber o que está acontecendo, por favor.' Eu estava com medo. Então o senhor Olavo resolveu me contar tudo ou uma parte: 'Meu genro, Zilá, minha esposa, esteve muito doente, a família dela toda teve doenças mentais. Pelo que sei, o pai dela, a mãe e o irmão. Eles eram muito ricos. Conheci Zilá quando, numa viagem a negócio, fui para a cidade perto dessa fazenda em que ela morava; conhecemo-nos, namoramos e casamos'. Aproveitei que meu sogro fizera uma pausa e o indaguei: 'O senhor não tem família?'. 'Não tenho, fui abandonado num abrigo com poucos meses de vida. Vou acabar de contar o que ocorreu a você: Zilá tinha um irmão que veio para essa cidade que moramos, negociou o que herdara e ganhou muito dinheiro. Casei e fiquei na fazenda, amei ter uma família, meus sogros morreram e tivemos Olavinho e Amélia. Mudamos para cá quando o irmão de Zilá faleceu e deixou sua fortuna para eles. Aqui nesta cidade Zilá piorou muito, e meus filhos, infelizmente, herdaram a doença da família. Já os levei em vários médicos, até no exterior, onde gastei muito dinheiro. Acabei entendendo que o doutor Felix é quem melhor trata deles. Eles já foram internados várias vezes e isso somente lhes causa sofrimento. Resolvi deixar Olavinho aqui comigo porque o tratamos bem, ele não recebe tratamentos dolorosos, alimenta-se bem e faz, na medida do possível, o que quer. Amélia tem horror a pensar que pode ser de novo internada; ela, quando se lembra dessas internações, chora, e foram em hospitais caros. Você, meu genro, de fato fez bem à minha filha, e a criança fará mais ainda.' 'E a maldição que ela insiste em dizer?', quis saber. 'Maldição! Essa herança genética não é maldição?' O senhor Olavo calou-se e eu concordei com ele. Mesmo achando que era muita responsabilidade, arrumamos tudo e fomos para a fazenda. Amélia, sem a medicação, piorava."

Adolfo dormiu, estava cansado. Acordou duas vezes à noite com a nenê chorando, viu Celina se levantar, trocá-la, dar a mamadeira e niná-la. Quando a nenê dormia, eles também dormiam.

No outro dia, após o café, voltaram à estrada.

— Solange, além de bonita, é sadia. O senhor Olavo ficará contente — deduziu Celina.

— Ele não me parece muito chateado com a morte de Amélia — observou Adolfo.

— O senhor Olavo — defendeu Celina — sempre amou os filhos; penso que, por ele amar Amélia, quis o melhor para ela, talvez ele pense que a morte tenha sido o melhor. Sentimos, o senhor e eu. Estou há tempos com a família, e já os vi sofrer demais. Ficava muito penalizada quando Amélia ia para os hospitais. Penso, senhor Adolfo, que nem a filhinha a faria sarar. Mas a nossa Amélia morreu onde queria, onde nasceu, na fazenda.

Adolfo concordou e prestou atenção na estrada. Chegaram no horário previsto e, assim que entraram na casa, ele telefonou para Olavo, que disse que ia conhecer a neta no outro dia.

Os dois, Adolfo e Celina, foram cuidar de Solange; deram banho, a alimentaram, a colocaram no berço, e ela dormiu tranquila. Os dois, após, se banharam e se alimentaram. O berço foi colocado no quarto de Celina. Com a nenezinha dormindo, os dois ficaram conversando, e Adolfo a alertou novamente:

— Celina, o que fizemos não foi certo. Mas não se esqueça de que somos cúmplices. Eu sei muitas coisas sobre você. Não estou ameaçando, somente lembrando.

— Sei disso muito bem. Solange é filha de Amélia. O senhor Olavo ficará contente.

— Você gosta dele? Ama-o? — Adolfo quis saber.

— Sim. — Celina foi lacônica.

Adolfo já havia percebido e quis saber mais.

— Pelo que sei, o senhor Olavo não tem envolvimento com ninguém, e há tempos. Ele sabe que você o ama?

— Não sei, sou discreta. Talvez ele tenha percebido. De fato ele não se envolveu com ninguém. Depois do ocorrido, o senhor Olavo ficou impotente.

A conversa acabou, os dois foram se deitar. Mas Adolfo não estava com sono. Foram tantas as coisas que ocorreram desde que ele conhecera Amélia. Ele se pôs a pensar:

"Espero que Nina não sofra pela perda da criança. Dona Joca deve ter dito a ela que o nenê nasceu morto. Ela se recuperará. Com certeza voltará para a casa de sua mãe, deixei dinheiro para ela fazer isso. E ela, fútil, continuará sua vida como sempre. Não quero mais pensar nesse fato. A nossa Solange é minha e de Amélia. Irei sempre tratar muito bem Celina, é melhor sermos sempre amigos. Ela é a única que sabe. Tem a dona Joca, mas ela fez isso por dinheiro e está errada; depois, ela não sabe em que cidade moro, nem Nina, ela é tão irresponsável que nem o meu nome todo ela sabe. Não tem como me procurar. A maldição..."

Adolfo ficou inquieto ao pensar na história da família de Amélia, em que não sabia se acreditava ou não.

"Por mais que tenha insistido, indagado Amélia, ela não me contou tudo, depois, ela se agitava ao falar sobre isso, e então não a indaguei mais. Também não consegui saber mais com o senhor Olavo. Foi Celina quem me contou tudo. Lembro bem o que ela me disse."

Adolfo se levantou e se sentou na poltrona, era onde Amélia costumava se sentar, principalmente nos últimos meses. Ele se acomodou e voltou a lembrar que estavam sentados, Celina e ele, na sala da casa da fazenda; Amélia estava dormindo, e ele pediu, rogou para ela lhe contar o que acontecia e que maldição era aquela. Celina contou:

"— Nasci numa cidade perto da fazenda. Minha mãe morreu quando eu nasci, no parto. Meu pai logo casou de novo e, com essa mulher, teve nove filhos. Eu, por ser a mais velha, fui, desde muito pequena, a empregada de minha madrasta. Tive uma vida de muitos sofrimentos. Estava com treze anos, fugi de casa, fui para essa cidade, a vila, aqui perto da fazenda, para procurar emprego. Desci do caminhão e não sabia nem para onde ir, não tinha dinheiro e estava com poucas roupas. Dona Zilá me viu perdida, perguntou o que eu fazia sozinha, eu contei, e ela me levou para a fazenda para ser uma empregada. Fiquei bem. Dona Zilá me ensinou a ler e escrever, sei pouco, mas leio bem. O trabalho era bem menos do que o que eu fazia na casa de meu pai, tinha um quarto para mim, ganhei roupas e recebia um ordenado, que era pouco, mas não me faltava nada. Meu pai não me procurou e eu não mais os vi".

Celina fez uma pausa e Adolfo pensou que as histórias deles, a de Celina e a sua, nesse ponto, eram parecidas, os dois foram órfãos de mãe e desprezados pelo pai.

Celina voltou a contar:

"— Dona Zilá conheceu o senhor Olavo, namoraram e casaram em seis meses. O senhor Olavo era bonito e educado. Com o falecimento dos pais de dona Zilá, o senhor Olavo passou a cuidar de tudo, era bom administrador. Nasceram os filhos, Olavinho e Amélia, e dona Zilá não quis ter mais filhos. Eu gostava de trabalhar com ela. Aprendi, com uma empregada já idosa da fazenda, a fazer partos e fui eu quem fiz os da dona Zilá. Ajudava minha patroa em tudo, a cuidar da casa e das crianças. Mas aí..."

Celina fez uma pausa, e Adolfo pediu para continuar a contar. Ela voltou a falar:

"— Parecia que tudo estava certo, embora a dona Zilá às vezes parecesse alheia ou se trancasse no quarto por dias. Com a morte dos pais, ela e o irmão herdaram uma fortuna. O irmão da dona Zilá também era estranho, ou seja, doente; não casou, veio morar na cidade em que residimos e multiplicou o que herdou. Dona Zilá costumava dizer que a fortuna da família era maldita, porque seus avós a conquistaram à custa dos escravos. Às vezes ela contava casos muito tristes que ouvira de sua mãe, de que seus avós foram tiranos e tiveram escravos, que eram sempre castigados e tratados sem piedade. Às vezes dona Zilá, em delírios, dizia que seus avós eram Amélia e Olavinho. Dona Zilá tinha medo. Mas aconteceu algo; sempre, nas histórias complicadas, acontece. Mudou-se para perto da fazenda, na floresta, uma moça, e então houve muitos comentários: de que ela era uma feiticeira, morava em outro lugar e fora expulsa de lá por ter causado muitas desavenças. A moça era muito bonita, era difícil calcular a idade dela; era morena clara, com cabelos longos pretos cacheados e olhos grandes verdes. Ela estava sempre arrumada, usava saias longas, roupas coloridas e estava sempre com uma flor nos cabelos. A moça chamava atenção de todos, dizia se chamar Rosaflor. O senhor Olavo se interessou por ela e se tornaram amantes. Meu patrão mudou, não parava mais em casa e às vezes dormia fora, passou a ser agressivo e a não dar atenção aos filhos. Estava dando muitos presentes para essa moça. Dona Zilá achava, e eu concordei, que essa moça o enfeitiçara, fizera um feitiço de encantamento para o senhor Olavo. O clima da casa tornou-se insuportável. As crianças estudavam na cidade, era o senhor Olavo quem as levava e buscava; quando ele, por algum motivo, não podia fazer isso, era um empregado quem fazia e, nos últimos tempos, isso estava sendo feito pelo empregado. Às vezes dona Zilá ficava inquieta, parecia demente; eu, naquele momento, era a única que me preocupava com ela. Foi então que meu patrão teve que viajar, ele sempre tinha de ir a uma cidade mais distante, tanto para compras como para vendas de produtos da fazenda. Normalmente, nessas viagens, ele se ausentava por dois dias. Na noite em que ele viajara, dona Zilá chamou os filhos, Olavinho estava com quatorze anos e Amélia com doze anos, e eu na sala; ela determinou: 'Meus filhos, minha amiga Celina, aquela feiticeira infernou nossas vidas. Estamos sofrendo por culpa dela. É um demônio! Precisamos nos livrar dessa mulher. Se ela acabar, voltaremos a ser felizes. Tenho tudo planejado. Vamos esperar todos dormirem, os colonos dormem cedo, esperaremos as vinte e três horas e aí sairemos nós quatro e vamos à casa de Rosaflor, a feiticeira infernal'. Concordamos. Dona Zilá disse que íamos assustá-la e que poderíamos bater nela. Esperamos o horário e, para ficarmos acordados, ficaríamos na sala com as luzes da casa apagadas. Eu achei que realmente minha patroa ia somente assustar a moça, por isso concordei. Fomos; Olavinho levou um taco de beisebol, e dona Zilá, um galão de gasolina. Eu também estava com raiva, ódio dessa moça, o senhor Olavo não tinha de ter amante, amar outra mulher, aceitava ele ser de dona Zilá, eu gostava de minha patroa como se ela fosse minha irmã, a única amiga que eu tinha. Saímos da casa pelos fundos, sem fazer barulho, e rumamos para a floresta; foi somente quando entramos na mata que acendemos a lanterna, caminhamos calados sem fazer barulho. Chegamos, empurramos a porta da casinha, que não estava trancada, e entramos. Rosaflor acordou assustada; Amélia, que segurava a lanterna, focou a luz no rosto dela. Não falamos nada, Olavinho bateu com o bastão na cabeça da moça, ela caiu da cama, e o sangue jorrou, parecia que desmaiara. Dona Zilá rapidamente jogou gasolina pela casa, saímos, ela pegou um papel, riscou um fósforo, o papel pegou fogo, e ela o jogou na casa. Eu me assustei e falei:

'Dona Zilá, a moça irá morrer queimada'. Ela friamente determinou: 'Feiticeiros devem morrer queimados, como se fazia na Inquisição. É para ela acabar e não roubar mais o marido de ninguém'. Os dois adolescentes, penso que concordaram com a mãe, eles estavam sofrendo com as desavenças no lar, e a culpa era daquela mulher, não tinham ainda a maturidade para saber se era certo ou não o que ajudaram a mãe a fazer. Eu fiquei apavorada, tremia de medo, e dona Zilá ordenou: 'Vamos agora voltar rápido e em silêncio, não podemos ser vistos'. Andando depressa, entramos em casa sem acender luz nenhuma e fomos para a cama. Não sei dos outros, mas eu não dormi. De manhã, um empregado nos deu a notícia de que a casa da feiticeira fora queimada, restavam somente cinzas, tudo fora destruído. Todos os moradores das redondezas foram lá para ver e encontraram um corpo carbonizado, deduziram que era de Rosaflor, porque as joias que ela usava estavam no corpo. Enterraram os restos do corpo no cemitério, o padre não deu a bênção porque ele não o faria a uma pessoa que fora feiticeira, que fizera pacto com o diabo. Quando o senhor Olavo retornou e ficou sabendo do ocorrido com sua amante, ele se trancou no quarto e ficou lá dois dias sem se alimentar, tomando somente água. Quando saiu, discutiu com dona Zilá, ela jurou não ter feito nada à moça, que não fora ela. Porém o senhor Olavo sentiu falta do galão de gasolina. Houve falatórios na vila e pela região, comentaram muito sobre o ocorrido. O senhor Olavo, com medo, resolveu se mudar. Ele nos reuniu e determinou: 'Vamos mudar, não quero a polícia investigando, pode não dar certo. Rosaflor não tinha ninguém, era o que ela dizia, para ser avisado de seu falecimento. O fato é que as pessoas estão falando muito, estou com receio de que a polícia venha aqui, chame a técnica do estado e respingue em vocês. Vamos para junto do meu cunhado, por aqui ninguém sabe a cidade em que ele mora. É o melhor que temos a fazer: fugir! Deixarei os dois empregados que moram na fazenda para cuidar de tudo. Você vem também, Celina!'. O senhor Olavo decidiu e dona Zilá concordou por estar com medo. Rapidamente, ele arrumou tudo e, em dois dias, meu patrão conduziu a camionete carregada com objetos e roupas que levaríamos e a deixou a um posto numa cidade mais ou menos próxima; disse que iríamos no outro dia de carro até esse posto e que contratara um chofer para dirigir a camionete e nos seguir. Assim, saímos da fazenda, de madrugada, sem dizer a ninguém para onde estávamos indo, sem nos despedir. O senhor Olavo veio aqui na fazenda algumas vezes, faz anos que não tinha vindo mais. Somente agora que Amélia e eu retornamos".

Celina fez outra pausa, não esperou que Adolfo pedisse para continuar contando. Ela retornou à sua narrativa:

— "O irmão de dona Zilá morava na chácara, acomodamo-nos lá, ele não gostou de nos receber, então o senhor Olavo alugou uma casa e fomos morar nela. Aí começaram os múltiplos problemas. Dona Zilá ficou muito doente e os dois adolescentes também. O irmão de dona Zilá passou todos os seus negócios para o senhor Olavo cuidar, ele se isolou na chácara, fez um testamento deixando tudo o que ele tinha e dividiu em três partes, para a irmã e os dois sobrinhos. Quando fez dois anos que tínhamos mudado para a cidade, o irmão de dona Zilá faleceu. Os dois irmãos se falavam sempre pelo telefone; como dona Zilá telefonou e ele não atendeu, ficou preocupada, eles foram lá e o encontraram morto, a polícia teve que ser chamada e, pela autópsia, constatou-se que ele falecera há dois dias de enfarto. Dona Zilá quis vir morar na chácara, viemos, ela piorou muito e os dois filhos do casal também se tornaram doentes.

O senhor Olavo sempre cuidou deles, muitos médicos foram consultados; também tivemos muitos diagnósticos, os principais foram: bipolaridade e esquizofrenia. Dona Zilá teve de ficar presa na chácara. O estranho nesse caso é que ninguém mais falou desse episódio, o que fizemos com a feiticeira. Amélia parece que deletou de sua memória. Esqueceram. O senhor Olavo nunca mais se relacionou com ninguém; uma vez ele bebeu muito, estava desgostoso e me contou que Rosaflor lhe dissera que havia feito uma magia para ele se relacionar somente com ela, que apenas a desmancharia mediante uma quantia razoável de dinheiro. O senhor Olavo disse que acreditava e, como ela morreu sem desfazer o feitiço, ele ficou impotente. Dona Zilá faleceu após sofrer muito".

Adolfo suspirou, essa conversa que teve com Celina fora, para ele, triste e o deixou confuso. Tomou água e pensou:

"De fato, tudo o que ouvi me intrigou e ainda me perturba, não consigo concluir nada. Celina me disse: 'Amélia acreditava que na casa da fazenda ela estaria protegida da maldição, isso porque sua avó dizia. Como sua mãe piorou quando se mudaram de lá e ela e o irmão ficaram doentes, Amélia pensou que deveria voltar à fazenda para ter a criança que esperava".

— Mas isso não adiantou — murmurou Adolfo —; lá na fazenda Amélia piorou, porque ficou meses sem a medicação e faleceu. Que coisa estranha!

"Embora eu não entenda, deve ter algo fatídico nessa família. Pelo que sei, dona Zilá sofreu muito, Olavinho sofre e Amélia padeceu bastante. Também foi bárbaro o crime que eles cometeram contra Rosaflor. Os antepassados de Amélia terem sido maus com os escravos foi algo terrível. Será que é possível uma pessoa, a gente voltar à Terra em outros corpos? Será? Será que Olavinho e Amélia foram esses escravocratas? Não sei, porém

As irmãs Sol

algo deve ter realmente ocorrido. É melhor eu dormir, amanhã tenho muito o que fazer. Tenho agora uma filha para criar. Ainda bem que ela não tem a genética da família."

Adolfo adormeceu.

Quando escutamos uma história, para sabermos o que de fato ocorreu, temos de ouvir todas as partes envolvidas e também os desencarnados que fizeram parte do ocorrido. Eu costumo ir aos lugares dos acontecimentos e ver, pela psicometria, que é ler objetos e lugares, o ocorrido. Porque lugares do Plano Físico e objetos são neutros, porém normalmente ficam gravados neles os acontecimentos em que estiveram envolvidos, e normalmente os mais marcantes, as cenas fortes. Basta aprender para fazer psicometria, porém deve ser feita somente para o bem, evitando a curiosidade. Encarnados também podem aprender. Depois disso tudo, aí sim sabemos de toda a história.

Quem me contou essa vivência, que é verdadeira, foi Amélia, que, ao desencarnar, foi socorrida e, num posto de socorro, se recuperou, foi uma abrigada aplicada e logo ficou bem. De fato, ela fora, em encarnação anterior, a sua bisavó que, infelizmente, ela se lastima, junto ao marido, foram péssimos senhores de escravos; fizeram fortuna, ficaram ricos e também fizeram muitas desavenças; quando desencarnaram, sofreram muito no Umbral, foram socorridos e reencarnaram, ficando no corpo carnal por pouco tempo, seus corpos eram muito deficientes; desencarnaram, voltaram a reencarnar como Amélia e Olavinho e, nessa encarnação, também sofreram muito.

Os pais de Zilá, também antigos escravocratas, sentiram o retorno de seus atos; embora ricos, tiveram a saúde frágil e foram perseguidos por desencarnados, antigos escravos que não perdoaram, suas reencarnações foram de dores. Zilá e o irmão também faziam parte dessa família de escravocratas. Zilá piorou da sua doença não por ter saído da fazenda, mas pelo seu ato maldoso quando matou Rosaflor. Amélia disse que os perseguidores, cansados, os vendo sofrer, afastaram-se, porém eles tinham a farta colheita da erva ruim. Rosaflor não os perseguiu, ela foi cobrada pela ajuda que teve pelos espíritos trevosos, que não costumam perdoar dívidas; ela foi levada para o Umbral e se enturmou.

Perguntei a Amélia o que ela achou da atitude de Adolfo. Gentilmente ela me esclareceu:

— *Sei que Adolfo me amou e eu a ele, mas Adolfo não fez parte do meu passado, essa foi a primeira vez que nos encontramos, ele não tem reações negativas a serem pagas de outras vivências. Ele agiu errado com Nina, eu não senti a traição dele. Adolfo quis me proteger; pensou, com sinceridade, que um filho sadio ia me ajudar. O ato é dele. Não passamos nossos atos para outros, eu sei bem disso. O filho que esperava foi abortado, fora o último dos vingadores, ele foi socorrido, orientado e seguiu seu caminho. Era muito deficiente, isso ocorreu pela energia dele, a energia da vingança é muito ruim, e pela má-formação, os remédios que tomava eram totalmente contraindicados na gravidez. Na minha próxima encarnação, não terei nenhum espírito a me perseguir, quero me preparar muito para quitar o que ainda me resta de plantação ruim fazendo o bem. Quero resgatar meus atos indevidos pelo amor. Penso que Adolfo e Solange, ricos, ajudarão pessoas com a caridade. Espero que Adolfo faça o bem e seja perdoado.*

O fato é que os dois, Amélia e Olavinho, ajudaram a mãe, Zilá, na tragédia ocorrida na casa de Rosaflor. Os dois adolescentes não entendiam bem o que fizeram. No momento, eles queriam ajudar a mãe a trazer o pai de volta ao lar. Mas a ação maldosa, errada, existiu e, por esse ato, pioraram suas situações. Amélia realmente, encarnada, bloqueou em sua mente essa lembrança, do ocorrido naquela noite, e, como ninguém mais comentou, ela, no corpo físico, esqueceu. Ela não quis matar ninguém, quis afastar aquela mulher de seu pai.

Amélia quis voltar à fazenda em que nascera e morara na infância pois escutara de sua avó que naquela casa ela estaria protegida. Mas não estava. De fato, existem lugares em que a vibração é boa; em outros, muito boa; infelizmente, há locais que têm energias ruins; e, em outros, muito nocivas. Objetos e lugares são neutros e quem faz a energia do lugar são as pessoas; se estas vibram com bons pensamentos, fazem bons atos, oram, amam, então o local fica com energias benéficas, porém isso ocorre também ao contrário: se pessoas que ali ficam, moram, vibrarem com maus pensamentos, atos com rancor e ódio, a energia se torna nociva. Para clarear um lugar, basta a luz; locais de energia ruim se anulam com a boa, porém em lugares bons, se não forem mais alimentados com o bem, ela pode acabar e até se tornar ruim.

A fazenda não tinha energia positiva, seus moradores não oravam, não cultuavam bons pensamentos. Amélia acreditou na avó. Até esses acontecimentos, nenhum dos envolvidos nesta história de vida costumava orar ou cultuar o bem. O bem é harmonia que traz paz, faz crescer espiritualmente, enquanto o mal é atraso, desequilíbrio e a reação é de dores. Amélia e Olavinho sofreram com a reação de dores que provocaram; na encarnação em que vieram por pouco tempo, foram gêmeos de uma família muito pobre e foram muito deficientes, desarmonizaram tanto seus perispíritos que essa desarmonia atingiu o feto e o corpo físico. Nessa última também sofreram com as internações e passaram por tratamentos dolorosos. O filho que Amélia esperava, o espírito era de um obsessor, um espírito que não a perdoara, e esse desencarnado rancoroso também passou para o feto sua desarmonia, fez o feto ser tão deficiente que não conseguiu sobreviver e houve o aborto. Não perdoar é sofrer e desarmonizamo-nos mais ainda quando resolvemos nos vingar.

Rosaflor, essa pessoa que veio para perto da fazenda, era uma médium que usou para o mal o seu dom; aprendeu a fazer feitiços, ou seja, atos maldosos que prejudicam os outros, usava ervas e tinha por companhia desencarnados afins. Rosaflor se denominava feiticeira, fez pacto com desencarnados que cultuavam o mal, denominavam-se maus. Em *O livro dos espíritos*, de Allan Kardec, no capítulo seis, as questões de quinhentos e quarenta e nove a quinhentos e cinquenta e cinco nos dão uma boa explicação sobre esse assunto. A questão quinhentos e cinquenta e dois elucida que algumas pessoas têm um poder magnético muito grande, do qual podem fazer mau uso se o seu espírito for mau.

Rosaflor de fato fez um encantamento, como ela dizia, para Olavo; ela queria um protetor, alguém rico para ser sustentada. Ela falava que Olavo lhe pertencia e que não teria mais nenhuma outra mulher. Ele gravou isso, acreditou, e de fato não conseguiu depois se relacionar com mais ninguém. O perigo de se acreditar em algo é que pode se tornar real. Isso ocorreu também porque ele se sentiu culpado. Ele sabia que a esposa Zilá e os filhos mataram Rosaflor por culpa dele. A culpa não reparada é algo que traz sofrimento.

Como é bom receber bênçãos! Uma bênção maravilhosa é a do agradecimento. Os "obrigados", "Deus lhe pague", mesmo que não sejam sinceros, aconteceram porque foi feita uma boa ação e os atos são de quem os faz. Devemos ser sempre agradecidos e receber agradecimentos. O "muito obrigado" normalmente acontece depois de uma boa ação, vem com uma energia maravilhosa, que atinge quem fez a ação; por isso que, ao fazer o bem, se deve ser receptivo, receber essa energia benéfica e responder os "obrigados" com "de nada", os "Deus lhe pague" com "Deus nos abençoe", "Deus nos proteja" etc. Bênçãos são positivas, energias benéficas são pedidos de proteção ao abençoado. Maravilha! Porém o contrário existe: a maldição. Maldição também requer a receptividade. Se ela for injusta, a pessoa amaldiçoada não a recebe, mas, se for justa, há receptividade. Uma pessoa faz uma grande maldade; quem a recebe deveria perdoar, mas, se ela amaldiçoa, cria em si uma energia nociva e a joga em quem fez a maldade. De toda energia criada, fica vestígio no criador, seja esta boa ou má. O amaldiçoado quase sempre recebe. O correto, a sabedoria, é realmente nunca fazer o mal para não cair numa espécie de rede, num emaranhado de que é difícil de sair.

Nos evangelhos de Mateus, capítulo vinte e um, versículo dezoito, e Marcos, capítulo onze, versículo doze, a figueira seca. Retratam que Jesus encontrou uma figueira pelo caminho e teve fome, porém não encontrou nenhum fruto, somente folhas. Jesus disse: "Nunca mais nasça fruto de ti". E imediatamente secou a figueira. Os discípulos se admiraram. Esse texto também é conhecido por: "Maldição da figueira estéril". Na parábola, Jesus a amaldiçoou. O ensinamento que Jesus nos passou é maravilhoso. A figueira simboliza o ser humano que tem muitas folhas e nenhum fruto, muitos atos externos e nenhum interno. Aparenta ser uma coisa, mas não é, não faz nada de bom. A maldição: Jesus usou um símbolo para que entendêssemos que não devemos passar a vida sem fazer nada de bom. O ser humano tem o livre-arbítrio, que nos foi dado por Deus, e esse dom é do espírito, tanto que usamos desse atributo estando encarnados ou desencarnados, e podemos sempre, em qualquer tempo e circunstâncias, dar bons frutos; devemos ser sempre fecundos, mesmo em situações adversas, porque ser bom entre os bons é fácil, agradável, mas ser bom entre as pessoas más é mais difícil, isso é o tempo adverso. Sábio é viver tanto no Plano Espiritual ou no Físico fazendo o bem para receber bênçãos e nunca agir para ser amaldiçoado. Dar bênçãos e nunca amaldiçoar. Felizes os que agem para receber bênçãos.

Alerto que isso pode ocorrer: bênção e maldição.

# CAPÍTULO 6
## Sol + *angel* = Anjo de Sol

Acordaram cedo e Adolfo planejou o que iria fazer. Após tomar o café, foi comprar alimentos para casa, depois foi à moradia da outra empregada para avisá-la para voltar ao trabalho, passou numa agência de emprego e pediu para arrumarem uma babá, uma enfermeira com referências para cuidar da filha. Trouxe o almoço. Quando retornou, encontrou Olavo segurando a neta. Ele estava emocionado. Os dois, sogro e genro, se abraçaram, e Adolfo explicou:

— Senhor Olavo, estou sofrendo muito com o falecimento de Amélia. O senhor sabe que eu era contra ir para a fazenda, local sem recursos, porém o médico, Celina e eu fizemos de tudo por ela. A criança nasceu sadia, é pequenina, irei levá-la à tarde para uma consulta com o pediatra que Amélia já tinha escolhido. Ela é linda, não é? Amélia tinha escolhido o nome, se fosse menina seria Solange. Ela escolhera os nomes: se menino, seria

Benício, o bem-vindo. Solange, se fosse menina, seria o "sol" que iluminaria a vida dela, agora o fará com a nossa, e "anjo", *angel*, para nos fazer companhia. Amanhã irei registrá-la.

Adolfo falava e Olavo concordava; após uns segundos de silêncio, Adolfo voltou a falar:

— Senhor Olavo, quero me mudar daqui. Amélia tinha outra casa, num condomínio, eu queria residir lá, mas Amélia preferiu essa. Aqui é tudo escuro, penso que Solanginha precisa de claridade, tudo claro, e uma casa que tenha quintal e jardim. O que o senhor acha?

— Concordo. Vá à imobiliária para ver se essa casa está alugada; se não estiver, contrate a empresa que faz serviços para mim para reformá-la como você quer; se estiver alugada, pague a multa do contrato para o inquilino se mudar, a reforme e vão para lá. Também acho essa casa escura, tudo com cores fortes. Sinto o falecimento de minha filha, porém penso que ela agora não irá sofrer mais. Estou maravilhado com a filhinha dela. Minha neta é linda, é parecida com Amélia.

— Eu também a acho parecida com a mãe! — exclamou Adolfo concordando.

— Adolfo — pediu Olavo —, não leve nossa pequena Sol à chácara, é melhor Olavinho não a ver. Eu venho aqui para vê-la.

Conversaram mais um pouco, Adolfo deixou a nenê com o avô e foi resolver os muitos problemas. De fato, resolveu, e levou Solange mais tarde, no horário marcado, ao pediatra, que a examinou e constatou que era sadia, receitou somente alguns remédios, mudou o leite, deu a ele o calendário das vacinas, que seriam dadas na clínica mesmo, e marcou para vê-la numa nova consulta.

Chegando em casa, Adolfo ligou para o sogro dando notícias de que Solange estava com saúde. Olavo se sentiu aliviado.

No outro dia, a casa já estava organizada com a empregada, a babá e Celina organizando tudo e atenta à babá. Adolfo registrou a filhinha e foi à imobiliária, a casa em que queria morar estava alugada, mas o inquilino, recebendo a multa, mudaria logo. Adolfo voltou a fazer seu trabalho com o sogro e contratou um advogado para fazer o inventário de Amélia, tudo o que ela possuía seria de Solange, e ele, como pai e tutor, tomaria conta.

Um mês depois tudo estava organizado, se mudaram, e ele comprou, o dinheiro da venda da fazenda ficara para ele, tudo novo, móveis claros, sofá, berço, carrinho. Ele levou pouca coisa e os eletrodomésticos; guardou num baú algumas roupas, livros e fotos de Amélia para dar para a filha quando ela tivesse mais idade, seriam recordações da mãe. Doou muitas coisas. Amélia tinha muitas joias, herdadas da avó, da mãe e que recebera de presente, estavam num cofre num banco e ficariam lá, eram agora de Solange.

Adolfo ia à chácara porque tinha de levar documentos para Olavo e levar outros a muitos lugares. Via pouco Olavinho, que estava debilitado.

— Ele não sabe — informou Olavo — que Amélia faleceu nem que tem uma sobrinha. Meu filho está definhando.

Olavo ia muito, quase todos os dias, ver a neta, que se desenvolvia, estava rosada, era risonha e linda. Gostava do avô; ao vê-lo, dava os bracinhos para ir no colo dele. Olavo brincava com ela, eram para ele momentos de tranquilidade e alegres. Celina sorria ao vê-lo e sentia que fizera o certo, ela amava Olavo e vê-lo contente era para ela muito importante.

O tempo passou, Adolfo não saía para passear, ausentava-se do lar somente para trabalhar. Ele, após Amélia ter falecido, entendeu que a amava de fato.

Um ano e seis meses depois que Amélia desencarnara, Olavinho também fez sua mudança de plano. Doutor Felix cuidou dele, que ultimamente estava muito debilitado, dormia pouco, mesmo com remédios fortes, e não estava mais agressivo. Olavo fez uma cerimônia simples e o enterrou no túmulo em que Zilá fora enterrada. Olavinho tinha muitos bens materiais que herdara da mãe e do tio, ficou tudo para o pai. Logo após, Olavo fez seu testamento. Deixou a chácara para o genro e o restante para Solange; de parte desses bens, ela tomaria posse com vinte e um anos, e dos outros, aos vinte e cinco anos, mas a renda dos imóveis, os aluguéis, seriam para o seu sustento, Olavo queria que a neta tivesse acesso às melhores escolas e muito conforto.

Olavo passou a ir mais vezes ver a neta, e Adolfo e Celina a levavam à chácara. Sol andava por todo lado, fazia gracinhas e falava algumas palavras. Quando ela fez dois anos, Adolfo dispensou a babá e a matriculou numa escolinha, achava que a filha tinha de conviver com outras crianças. Foi ótimo para ela.

Adolfo continuou com sua rotina. Solange completou três anos e um mês quando Olavo desencarnou. Ele à noite telefonou para o genro e se queixou de que não estava se sentindo bem. Adolfo foi à chácara e percebeu que o sogro de fato não estava bem, o levou para o hospital; pelos exames, Olavo tivera um enfarto, ficou internado, Celina ficou com ele. Doutor Felix foi chamado e opinou que o tratamento que Olavo estava recebendo era correto. Depois de cinco dias internado, o enfarto se repetiu, e ele desencarnou. Adolfo, que já estava inteirado com os negócios do sogro, resolveu abrir uma imobiliária com um sócio e, assim, passou a cuidar melhor do que ele e a filha herdaram. A chácara estava localizada num lugar muito bom e o terreno era grande; fizeram um condomínio, ele lucrou muito e investia em imóveis, comprava para revender. Quando Olavinho desencarnou, o pai se desfizera de tudo o que era do filho ou que ele usara, Adolfo se desfez também de tudo o que era da casa e a demoliu.

Foi com Solange na escola que Adolfo conheceu a professora dela, Danuza, e conversaram como pai e mestra da filha. A professora, atenta, quis saber mais da menina, chamou Adolfo para conversar e contou:

— Solange não fala da mãe, mas sim da avó.

— Avó?! — Adolfo se admirou. — Não seria do avô? Sol não conheceu nenhuma avó, mas era apegada ao avô.

— Ela fala também do vovô Olavo, mas fala da avó — disse a professora. — Eu perguntei o nome da avó e Solange respondeu, após pensar um instante, que não sabia.

— Devo me preocupar com esse fato? — Adolfo quis saber.

— Penso que não. Temos de entender que crianças imaginam muito. Talvez ela tenha escutado algum coleguinha falar da avó.

Adolfo não se preocupou.

Solange era chamada de Sol pelos coleguinhas, pelo pai e pelo avô; somente Celina às vezes a chamava de Solanginha. A garotinha sabia que seu nome era Solange, mas, ao ser indagada sobre como se chamava, respondia: Sol.

Adolfo passou a conversar mais com a professora da filha, a tia Danuza. Um dia a convidou para lanchar, ela aceitou, e os três, Adolfo, Danuza e Sol, foram a uma lanchonete. Os dois conversaram bastante. E esses encontros se tornaram frequentes. Falaram de si. Adolfo contou da viuvez, que estava criando Sol sozinho com a ajuda de empregadas e que ficava muito em casa. Contou que Amélia, mãe de Sol, falecera logo após o parto e que ela tinha uma doença grave no coração. Não contou detalhes nem da doença psíquica da esposa.

— Eu também sou viúva — contou Danuza. — Tenho trinta anos, estou viúva há cinco anos. Namoramos, meu esposo e eu, por seis anos, casamos e estávamos organizando a casa, pagando dívidas e planejávamos ter filho após estarmos com tudo acertado. Fiquei oito meses casada e ele faleceu num acidente, ele dirigia o nosso carro, tinha ido a trabalho a uma cidade próxima, um homem dirigindo uma camionete entrou na faixa que meu esposo estava e colidiram. Meu marido ficou muito ferido, foi levado para o hospital, mas não resistiu, três dias depois ele faleceu.

— Você sofreu muito? — perguntou Adolfo.

— Sim, sofri, foi muito difícil.

— Eu também sofri com o falecimento de Amélia, eu a amava.

A dor da viuvez os aproximou, passaram a se encontrar e a sair sozinhos, Celina ficava com Solange. O ano letivo terminou, outro se iniciou, e Solange passou a ter outra professora.

Adolfo e Danuza resolveram morar juntos, fazer uma experiência para saber se daria certo; se desse, eles se casariam. Mas, antes de Danuza ir para a casa dele, Adolfo resolveu aposentar Celina. Concluiu que ela sabia demais e que poderia não dar certo ela com outra mulher dirigindo a casa. Conversou com a empregada amiga:

— Celina, somos amigos e seremos sempre. Você está no tempo de se aposentar. Se você quiser, posso pedir para o advogado da imobiliária fazer sua aposentadoria. Vou comprar uma casa para você e lhe darei uma mesada. Merece, amiga, ter um cantinho seu.

Celina pensou por uns segundos e respondeu:

— Aceito, senhor Adolfo. Sei que está querendo trazer sua namorada para cá. Com certeza dará certo. Ela é boa, saudável, tem a sua história, já sofreu e gosta da Solanginha. O senhor já ficou muito tempo sozinho. Quando Amélia começou a namorá-lo, eu pensei que não seria um bom marido, ainda bem que errei. O senhor foi. Fez Amélia ter momentos bons. Ela sofreu tanto. Solanginha merece ter um lar. Entendo que duas mandando na casa não dá certo. De fato, sempre quis ter o meu canto, minha casa. Nunca tive. Agradeço e aceito.

No outro dia, no bairro que Celina escolhera, Adolfo e ela visitaram três casas que estavam à venda. Celina optou por uma. Adolfo comprou no nome dela, reformou, comprou móveis, eletrodomésticos, e Celina se mudou. Para que Sol não sentisse sua falta, a antiga empregada ia todas as manhãs para ficar com a garotinha, ajudava com o almoço e, quando a menina ia para a escola, Celina voltava para sua casa. Também ia dormir com a menina para que Adolfo saísse, fosse passear com a namorada.

Danuza foi morar com Adolfo; aos poucos, mudou algumas coisas na casa. Solange estava contente. Adolfo, como prometera, dava uma mesada para Celina, que estava bem, alegre no seu lar.

Tanto Adolfo como Danuza acharam que estava dando certo, então ela veio de vez, trouxe alguns objetos de sua casa, vendeu outros, doou a maior parte e alugou a casa.

Fazia oito meses que Danuza morava na casa de Adolfo, ela quis conversar com ele e explicou:

— Sol fala muito de uma avó, às vezes ela quer essa avozinha, diz que essa senhora a abraça. Outro dia ela disse que ganhou uma boneca preta, mas aqui em casa não tem boneca preta. Ontem ela pediu para ir ao bar. Perguntei: "Que bar?", e ela respondeu: "Ao que vou muito". Bar? Vamos em restaurantes, em lanchonetes, e nunca se falou aqui em bar. Adolfo, sei que você não tem religião, você sabe que eu sou espírita e que vou ao centro espírita às quintas-feiras à noite.

As irmãs Sol

— Sim, sei — concordou Adolfo.

De fato, desde que começaram a sair, Danuza ia, às quintas-feiras, a um centro espírita; ela já havia convidado Adolfo, que não se interessou em ir. De fato ele não tinha religião, não orava.

— Quer saber o porquê de eu ter ido procurar o Espiritismo? — perguntou Danuza.

— Sim, quero.

— Eu era católica, ia sempre à igreja e assistia à missa aos domingos. Quando meu esposo morreu, continuei, penso que foi a religião que me sustentou naqueles momentos difíceis. Porém três meses depois começaram a acontecer coisas estranhas comigo. Escutava barulhos em casa, sentia às vezes alguém se deitar na cama comigo, arrepiava-me demais, comecei a ter dores na cabeça e no abdômen, me sentia ferida. Meu esposo se feriu muito no abdômen e na cabeça. Comecei a enfraquecer, a sentir tonteira, dores, angústia e me tornei apática e doente. Isso ocorreu por oito meses. Preocupei a todos, meus pais, irmãos e amigos. Estava para pedir licença do trabalho, porque não estava dando conta de dar as aulas. Uma colega da escola, preocupada comigo, me convidou para ir a um centro espírita pedir ajuda; fui, é esse local de orações que frequento. Recebi o auxílio. Para quem não entende, é difícil acreditar que mortos da carne continuam vivos, e estes, pela liberdade que chamamos de livre-arbítrio, podem retornar em espírito, ou seja, não ficar em lugares próprios; voltam, normalmente inconformados porque não queriam ter falecido, ou seja, desencarnado. Meu esposo fez isso, estava inconsolável, revoltado, ele dirigia corretamente e, no acidente em que desencarnou, ele não teve culpa, mas seu corpo físico morreu, ele então se viu vivo, tendo de ficar em outro lugar. Saiu e retornou ao nosso lar, ficou a vagar e ao meu lado. Ele não estava bem, porque ninguém que morre, não aceita e fica a vagar fica bem e, ficando comigo, eu passei a não ficar bem também. No centro espírita, os trabalhadores da Doutrina ajudam espíritos assim, eles conversam com esses desencarnados, explicam, fazem entender que não é certo viver assim. Auxiliaram meu esposo, fizeram ele entender que estava me prejudicando e o levaram para um socorro. Eu gostei do Espiritismo e mais ainda por compreender a reencarnação, pois, conhecendo essa lei, me esclareceu muitos fatos que não conseguia entender, aceitar. Naquela época, estavam, na classe com meus alunos, dois doentinhos, com deficiências mentais. Entendi o porquê dessas diferenças, o porquê de elas existirem entre as pessoas. Compreendi também o porquê de meu esposo ter desencarnado jovem, estando sadio e amando a vida. Injustiça? Não! E nem era porque Deus quis. Fora porque ele, em sua outra existência, também num corpo sadio, se suicidara. Nessa encarnação, sua volta ao Plano Espiritual ocorreu para que ele aprendesse a amar a vida e não se voltasse mais contra seu corpo físico, para que aprendesse a amar a vida lhe dando valor. Isso não é regra geral, foi o que ocorreu com ele. Resumindo: meu esposo foi para o Plano Espiritual para um socorro, ajuda, para aprender a viver como desencarnado, mas a saudade era muita, e ele retornou, mas, comigo indo ao centro espírita, ele foi levado novamente. Isso ocorreu por três vezes, então meu esposo acabou por entender e não voltou mais, seguiu sua vida no Plano Espiritual. Eu passei a seguir o Espiritismo pela coerência, porque seus ensinamentos me fizeram bem. Acreditar entendendo é muito bom! Amo ser espírita!

Danuza fez uma pausa e completou:

— Gostaria, Adolfo, se você permitir, de levar Sol para receber um passe, ajuda. Não sinto espírito perto dela, mas é estranho ela falar da avó e de fatos que não ocorreram com ela. Pode ser que Sol tenha escutado isso de algum colega ou inventado essa avó, mas isso não é algo comum, principalmente se é contínuo.

— Concordo com você, o que disse faz sentido. A reencarnação pode explicar muitos fatos. Às vezes penso por que Amélia e Olavinho sofreram tanto. Minha esposa estava entusiasmada com a gravidez e morreu no parto. Na quinta-feira irei com você e levaremos Sol.

— Na terça-feira um grupo atende casos especiais. Queria levá-la. Posso? — pediu Danuza.

— Sim, pode, e na quinta-feira iremos todos — concordou Adolfo.

Danuza levou Solange na terça-feira, já tinha conversado com a equipe de trabalhadores sobre o problema da menina. Atenderam-na. Danuza entrou na sala de passes com a enteada, e ela ficou quietinha. A equipe não viu, sentiu nada com Solange, ela não estava acompanhada por nenhum desencarnado. Uma trabalhadora pediu:

— Solange, pense na sua avó. Pense, querida!

— Não sei como ela é — a menina tentou explicar. — Não tenho como pensar. Somente sinto falta dela. Parece que ela me abraça e beija. Gosto dela. Queria que ela estivesse sempre comigo.

O grupo não conseguiu ver nada. Concluíram que realmente não havia desencarnados ao lado da menina. Mas pediram para trazê-la mais vezes.

Na quinta-feira, Adolfo, Solange e Danuza foram à reunião no centro espírita assistir à palestra e receber o passe. Adolfo gostou e resolveu se tornar espírita. Quis entender a reencarnação por achar que era algo muito justo. Se podia pedir para os desencarnados, pediu para Amélia, Olavinho e para Olavo.

Recebeu a resposta de que eles estavam socorridos. Sentiu-se aliviado. Amélia já havia sofrido muito e merecia agora, desencarnada, estar bem.

Adolfo não havia pensado no que fizera, de ter pegado a filha de Nina, mas agora, com os ensinamentos espíritas, começou a pensar e sentir que fizera algo indevido. Porém tentou imaginar Nina bem; ela não sabia, pensava que a criança que esperava morrera; ela devia ter voltado para a cidade em que morava e estava, como sempre, se divertindo. A não ser por esse acontecimento, Adolfo não tinha mais do que se arrepender. Resolveu tentar não pensar mais nesse fato.

Muitos de nós tentam justificar os atos incorretos cometidos. Escutamos muito: matei porque ele ou ela mereceu; se essa pessoa não fosse minha ou meu, não era para ser de mais ninguém; eu a amava, amo, mas ela não entendeu, então mereceu apanhar, morrer; roubei, mas a pessoa era rica; fiz isso porque a pessoa não irá se importar etc. Como Adolfo: Nina era fútil, volúvel, ficou comigo sem saber quem eu era, nem o meu nome sabia, porém sabia que era casado, com certeza seria uma péssima esposa e mãe. São muitas as tentativas de se desculpar pelos atos errôneos cometidos. Como são difíceis as justificativas para atos indevidos!

Adolfo visitava sempre Celina, não lhe deixava faltar nada. Pensava que eram somente os dois que sabiam do ocorrido na fazenda; tinha a dona Joca, mas ela estava longe e nada sabia deles nem onde moravam.

Passaram a fazer o Evangelho no lar todas as segundas-feiras e Adolfo passou a ler livros de mensagens, Danuza deu a ele a série escrita por Emmanuel pela psicografia de Francisco Cândido Xavier: *Fonte viva*, *Vinha de luz*, *Pão nosso* e *Palavras de vida eterna*. Gostou demais, lia e meditava. Também passou a ler o Evangelho. Tornou-se espírita, mas porque entendeu o sofrimento. Concluiu que Amélia recebeu, pelo sofrimento, lições preciosas e resgatou, pela dor, o padecimento que causara em outras pessoas em sua outra existência.

Numa palestra que assistiu no centro espírita, o orador falou sobre o perdão. Leu um texto de *O Evangelho segundo o Espiritismo*, de Allan Kardec, capítulo vinte e oito, "Coletânea de preces espíritas", item cinco, que explica a oração do Pai-Nosso: "Perdoai as nossas dívidas, ofensas, assim como nós perdoamos os nossos devedores, ofensores". Adolfo ficou impressionado logo no começo: "Cada uma das infrações às Vossas Leis, Senhor, é uma ofensa que a Vós fazemos, é uma dívida contraída, que cedo ou tarde teremos de pagar". Depois, o palestrante fez uma explanação sobre o assunto. O que marcou Adolfo e o fez pensar foi: "Para querer o perdão, é preciso primeiro se arrepender. Arrepender-se para pedir perdão. O que é se arrepender? É saber que, se pudesse voltar, não faria o que foi feito, é não repetir o ato no presente e fazer um propósito de não o fazer novamente no futuro".

"Eu", pensou Adolfo, "se voltasse no tempo, faria de novo. É triste e complicado, mas pegaria Sol novamente. Se não tivesse feito isso, nem sei como eu estaria. Mas Sol é minha filha! Poderia ter ficado com a Nina e com a Sol, isso seria o correto, porém eu não gostava da Nina, para mim não era a companheira ideal. Fiz e ainda não me arrependi. Mas fiz algo indevido. Precisarei de perdão por esse ato? Mas, para querer ser perdoado, preciso me arrepender. Arrependi-me? Com sinceridade, não. Estou confuso. Muito confuso. Agora não dá para consertar. Como ir procurar Nina agora? Como falar a ela que o nenê que esperava não morreu e que eu a roubei? Com certeza isso iria até tumultuar sua vida, porque, por certo, ela continuou com seu modo de viver, talvez até tenha se casado".

O relacionamento de Adolfo e Danuza deu certo. Os dois viúvos sofridos se entenderam e estavam bem. Adolfo cuidava bem do patrimônio da filha e se deu bem administrando o que recebera.

Não tendo mais dúvidas no relacionamento, casaram-se.

Solange ainda falava coisas diferentes, chamava pela avó, comentava brinquedos que não tinha, que ia ao bar e às vezes falava da outra escola. Danuza conversava com ela, explicava que aquilo que falava não existia e a distraía com brincadeiras; começou a convidar amigas para ir à casa deles brincar com ela e a levá-la à casa de amiguinhas. Passou a fazer festas no seu aniversário. Solange estava feliz, mas queria os beijos da avó. Danuza e Adolfo resolveram ignorar e, quando ela falava, mudavam de assunto, tentando fazê-la esquecer.

Danuza lecionava no período da tarde, ia à escola e levava Solange, que gostava de estudar.

O casal conversou e resolveu ter filhos. Danuza sempre quis ser mãe. Concluíram que irmãos fariam bem a Sol.

Danuza engravidou e teve um menino, Germânio; contrataram uma babá para ela voltar ao trabalho. Mas, meses depois, Danuza engravidou novamente. Adolfo a fez parar de lecionar, ele ganhava bem, ela não precisava trabalhar para seu sustento, o marido a queria em casa cuidando dos filhos. Danuza teve outro menino: Benício. Solange amou ter irmãos; mesmo pequena, gostava de ajudar a cuidar deles. A casa em que a família residia tinha três quartos: um era do casal, outro de Solange, e o outro dos dois meninos. Tudo estava bem com eles. Danuza era boa madrasta. Solange a chamava de "tia" e às vezes de "mãe". Danuza não fazia diferença entre ela e os filhos biológicos.

Continuaram assíduos na religião que abraçaram e em que se sentiram abraçados. Faziam o Evangelho no lar, iam assistir a palestras e receber o passe. Adolfo, sempre que podia, lia um livro espírita; Danuza lia muito e comprava livros infantis para os filhos.

Solange continuava falando coisas estranhas para eles, como: que a escola tinha escadas, à que ia não tinha; e da boneca preta. Danuza comprou para ela duas bonecas pretas, mas não eram aquelas, era outra. Falava que ia ao bar e o tanto que gostava da avó. Não sabendo como agir, o casal resolveu não se preocupar; se não estava fazendo mal à garota, não devia ser importante.

A família estava bem.

# CAPÍTULO 7
## Solange da Nina

Fazia oito meses que Nina voltara para a casa da mãe. Estava comportada e com intenção de ser uma boa pessoa, ótima mãe para a filhinha. Ninguém tocava mais no assunto da viagem de Nina e da sua desventura.

Rosário, a mãe de Nina, ia às vezes a um centro espírita perto de sua casa; ela gostava dos ensinamentos espíritas e de receber o passe. Nina, antes, se recusava a ir; para ela, o Espiritismo era severo e não gostava do "fez e recebeu". Mas agora entendera que de fato isso ocorria. Ela fora irresponsável e recebera de volta a irresponsabilidade de outra pessoa. Fora uma filha que dera muitas preocupações para os pais, principalmente para a mãe, agora sentia pelos seus atos indevidos. Rosário ia, às segundas-feiras, ao centro espírita e, aquela noite, Nina pediu para ir; para que ela fosse, Rosário teria de ficar com Solange, que todos chamavam de Sol.

Solange era uma criança tranquila, risonha e estava se desenvolvendo bem. Nina levava a filhinha ao médico pediatra no posto de atendimento gratuito e se preocupava em ter as vacinas em dia. A criança era muito bonita, e todos a achavam parecida com a mãe, Nina.

Nina foi ao centro espírita, entrou no local envergonhada, muitas pessoas que estavam ali a conheciam, sabiam o tanto que ela fora irresponsável e que fizera sua mãe, Rosário, sofrer. Mas foi muito bem acolhida, pessoas conhecidas a cumprimentaram e lhe deram boas-vindas, ela se sentiu acolhida. Suspirou aliviada, sentou-se e esperou pelo início da reunião orando. A palestra começou e quem falou foi uma senhora, o assunto foi a parábola do semeador. Nina prestou atenção e o que a fez pensar foi: "Estamos nós aqui recebendo sempre as boas sementes dos ensinos de Jesus. Mas o que estamos fazendo com elas, com as sementes que recebemos? Espero que estejamos preparando o terreno, limpando-o das ervas daninhas das más atitudes e da preguiça, adubando-o com bons pensamentos e orações. Recebemos a semente, plantamos... E aí, o que fazemos? Não podemos deixar a plantinha frágil sem cuidados. É preciso, necessário vigiá-la, cercá-la de cuidados para que ela cresça e dê frutos. Como fazemos isso? Sozinhos. Somos nós que temos de cuidar do nosso terreno e da plantação. Pensamos: 'Não quero mais fazer algo errado'. Muito bom! Cuido então de não fazê-lo, limpo o meu terreno. Quero fazer o bem, então planto a semente recebida gratuitamente e cuido dela, a rego com amor, às vezes com lágrimas. Para cultivá-la, muitas vezes troco prazeres mundanos pelo trabalho edificante. Depois de muitos cuidados, a vejo florir, porém ainda, como todas as plantas, necessita de atenção, carinho e cuidados. Então não basta somente plantar, o trabalho continua. Às vezes a plantinha é frágil, mas, se formos fortes, a fortalecemos. Realmente é um trabalho constante, temos de fato de trabalhar conosco, limpar nosso terreno, plantar, cuidar das plantas para elas florirem e darem bons frutos. Então não basta somente plantar, temos que cuidar das virtudes que queremos para nós".

Nina se sentiu bem, em paz, ali no centro espírita e melhor ainda quando recebeu o passe. Pensou na palestra que ouvira, concluiu sobre o que ela deveria fazer: limpar o seu terreno, principalmente e primeiramente na parte reservada para ser boa filha; plantar; e cuidar, para a semente brotar e não morrer; para isso, seria uma boa filha e mãe.

Chegou em casa, beijou a mãe e a filha. Pensou muito naquela noite e, no outro dia, contou à mãe o que resolvera:

— Mamãe, preciso ganhar dinheiro para o nosso sustento, meu e de Sol; não é certo nós duas dependermos da senhora.

— Eu estou muito apegada a Sol e não quero que ela vá para uma creche. Espero que nesse seu planejamento você não mude daqui ou de cidade — disse Rosário preocupada.

— Não é nada disso. Mamãe, a senhora sabe fazer muitos quitutes, comidas gostosas, salgadinhos deliciosos e poderia me ensinar. Estou pensando em usar aquele espaço, o cômodo do quintal, e fazer uma cozinha; lá farei os salgadinhos para vender. Posso fazer isso?

— Pode — Rosário suspirou aliviada —, assim você trabalha em casa e não precisa sair.

"Preciso", pensou Nina, "comprar roupas, nenê perde rápido, e eu deixei a maioria das minhas roupas lá com dona Joca".

Arrumou rápido o espaço e aprendeu a fazer os salgados. A irmã, o cunhado e os sobrinhos aprovaram sua ideia. Duas semanas depois de muito trabalho financiado pela mãe, ela fez cinco variedades de salgado e deu para a família experimentar;

eles aprovaram, gostaram. Então Nina pensou em levar seus quitutes a um bar próximo, cujo proprietário era o Sanderson, conhecido e amigo.

— Mamãe — perguntou Nina —, o que a senhora acha de eu levar uns salgadinhos para Sanderson experimentar? Talvez ele queira vendê-los no bar dele. Ele se casou?

— Sua ideia é boa, leve sim para Sanderson experimentar — Rosário concordou. — O moço continua solteiro. Soubemos que ele namorou, até morou com uma moça, mas se separaram. Ele, numa época, quis namorá-la. Lembra?

Nina se lembrou, mas ela não se interessou, ele não era seu tipo e era mais velho, e devia estar agora com quarenta anos.

— Irei à tarde — decidiu Nina — levar uns salgadinhos para ele experimentar, posso fazer do tamanho que ele quiser. Tomara que dê certo.

Nina à tarde foi ao bar, Sanderson a recebeu bem, experimentou os salgados, elogiou, aceitou vendê-los e combinaram o tamanho e preço.

Deu certo, Nina os fazia bem-feitos, ficaram gostosos e foram bem-aceitos, os frequentadores do bar aprovaram. Assim, Nina fazia todos os dias os salgados, levava ao bar e recebia por semana; com o dinheiro, comprava os ingredientes para fazer os quitutes e passou a comprar gás; com o restante, teve lucro, comprava roupas para si e para a filhinha.

Numa tarde, ao entregar os salgados, Sanderson a convidou para que trabalhasse no bar, que fizesse os salgados na cozinha do estabelecimento. Ela teria um ordenado; para ela, bom. Porém Nina não queria fazer mais nada sem ter a aprovação da mãe, perguntou a ela, e Rosário a incentivou a aceitar.

Nina passou a trabalhar no bar; logo ela mudou o aspecto do lugar, o fez ficar muito limpo, incentivou o proprietário a pintá-lo, a comprar mesas e cadeiras novas. O bar ficou bonito e agradável e passou a ser mais frequentado; a cozinha era asseada, as pessoas por um vidro podiam ver como estavam sendo feito os salgados, passaram a ter encomendas.

Nina gostou de trabalhar e estava sempre lembrando que tinha de cuidar da plantinha de ser boa filha e mãe. Rosário estava contente com ela e amava a neta. Solange era parecida fisicamente com Nina: cabelos pretos muito lisos e feições delicadas. A garotinha era muito bonita e simpática, tornou-se querida por todos.

Sanderson e Nina, trabalhando juntos, se vendo todos os dias, conversavam e perceberam que se entendiam. Ele a convidou para sair, Nina ficou de pensar, ela queria, antes de aceitar ou não, a opinião de sua mãe.

— Nina — opinou Rosário —, conhecemos Sanderson há muito tempo, ele é boa pessoa e penso que ele sempre gostou de você. Deve sair; você, desde que retornou, não saiu para passear.

Ela aceitou, e os dois foram ao cinema, jantaram num restaurante e conversaram. Passaram a sair, Rosário ficava com Solange, e tanto Rosário como a irmã aprovaram esse relacionamento. Sanderson pediu para ela morar com ele; se desse certo, casariam. Novamente Nina quis a aprovação da mãe, e Rosário aprovou. Nina foi e deixou a filhinha com a mãe. Tudo era perto, as duas casas e o bar. Nina arrumou a casa de Sanderson, ela tinha uma faxineira para ajudá-la na casa e uma funcionária no bar. E o bar se tornou muito movimentado.

Os dois concordaram que estava dando certo e resolveram se casar. Sanderson a amava, isso há tempos, e Nina achou que poderia amá-lo porque o queria bem e por ele ser educado, honesto, trabalhador e o principal: aprovado pela irmã e mãe.

Casaram-se somente no cartório numa cerimônia simples, mas Sanderson fechou o bar e os dois viajaram por uma semana, foi tudo muito bom e agradável para ambos.

Sanderson assumiu Solange como filha, refizera a certidão, ele se tornou pai da pequena Sol. A garotinha ficou morando com a avó, mas ia ao bar e à casa da mãe. Querendo ser pai, o casal decidiu ter filhos. Nina engravidou e teve um menino, Tales, e logo em seguida outro garoto, Cássio. Agora ela tinha uma funcionária na casa para ajudá-la e mais duas no estabelecimento comercial. Nina continuou organizando tudo no bar, o tinha muito limpo. O casal estava bem.

Solange crescia saudável, risonha e muito comportada, amava demais a avó. Porém, com três anos, começou a falar de fatos alheios a eles, como: do vestido de babados cor-de-rosa, da boneca de cabelos compridos, do avô e da tia Celina. Rosário preocupou-se e pediu ajuda no centro espírita que frequentava, achando que poderia ser algum desencarnado que a visitava e falava aquelas coisas para ela. Os trabalhadores do centro espírita pediram para levar a menina lá porque tentariam ajudá-la. Rosário a levou, e a equipe de trabalhadores do centro espírita não viu nada de errado com a garotinha, não havia nenhum desencarnado perto dela. Rosário resolveu levá-la no domingo, pela manhã, quando havia um atendimento fraterno voltado à criança. Solange gostava de ir, o grupo realmente não percebeu nada que pudesse influenciar a menina. E a pequena Solange da Nina continuou a falar fatos, coisas que não havia no seu convívio. Às vezes dizia: "Ela quer a minha boneca Zilu, mas não tem". Zilu era uma boneca muito bonita que Sol ganhara de sua tia-madrinha, Antônia, que era preta. Rosário a indagava: "Ela quem, meu bem? Quem quer a boneca?". Sol respondia: "A outra garota que parece comigo". Preocupadas, a avó e a mãe não entendiam o que acontecia e a levaram numa psicóloga. Depois de umas sessões, a profissional opinou que Solange inventava ou que escutara de alguma amiguinha e imaginou que aquilo fazia parte de sua vida. Rosário e Nina concluíram que Solange de fato imaginava e que o melhor era não dar importância, já que não estava fazendo mal para ela.

Assim, quando Solange falava algo que elas não entendiam, mudavam de assunto e a distraíam. Sol foi para a escola, e fez muito bem a ela brincar com outras crianças, mas às vezes ela queria ir à outra escola, e de carro, mas a avó a levava caminhando, pois a escola era perto; dizia que queria ir à escola em que não havia escada.

O que ocorria com Solange fez com que Rosário se tornasse espírita, frequentadora, e levava a neta ao encontro fraterno infantil e à evangelização. Antônia, a outra filha de Rosário, também ia sempre com o marido e os filhos, assim como Nina, Sanderson e os dois filhos.

Os filhos de Nina e Sanderson, Tales e Cássio, eram sadios, bonitos e levados, porém não davam problemas. Ele estava feliz, amava a esposa, os filhos e tratava Solange como se fosse realmente seu pai.

Nina de fato não deu mais preocupações à mãe, tornou-se uma pessoa discreta, trabalhadeira, boa filha, mãe e esposa. Mudara, para melhor, e sempre lembrava que tinha de cuidar da plantinha que nascera da semente, que fora jogada no terreno de sua alma.

"Será", pensava sempre Nina, "que Solange age diferente por eu ter tido uma gravidez diferente e depois, assim que ela nasceu, eu ter tido aquela desilusão? Será que ela sentiu meus problemas? Adolfo nos abandonou mesmo. O tempo passou e ele não nos procurou. Isso é um fato que eu nunca consegui entender.

Ele pareceu ter gostado da notícia de que ia ser pai, quis que eu fosse embora com ele, prometeu casar comigo depois. A mulher dele morre, e ele parte até mesmo sem saber o sexo do nosso bebê. Até hoje não compreendo o que aconteceu. Talvez esse fato tenha afetado Solange. Sanderson a trata bem, ela o chama de 'pai', eles se gostam, embora ela seja apegada à minha mãe. Se no centro espírita eles não viram nada de errado com ela e nem a psicóloga, o melhor é não me preocupar, eu já tenho muito com o que me preocupar e fazer".

Nina e Rosário resolveram contar para Solange que ela era amada por Sanderson, porém ele não era seu pai biológico, mas de coração; que o pai dela biológico era outro, mas que, por motivos que elas não sabiam, havia ido embora e não voltara. A garotinha escutou calada e, quando a mãe acabou de explicar, ela perguntou:

— Tales e Cássio também são filhos do coração do papai?

— Não, filhinha — Nina tentou elucidá-la —, os dois são filhos biológicos do papai.

— Eu tenho outro pai? — perguntou Solange.

— Sim, porém pai é aquele que cria, cuida e ama.

Solange ficou pensativa e Nina completou:

— Filha, o importante é que a amamos. Seu pai de coração é muito importante.

— Tudo bem!

A menina foi brincar.

— Foi mais fácil do que eu esperava — Nina suspirou aliviada.

— Tínhamos que fazer isso, contar para ela — opinou Rosário. — Por aqui todos sabem que Sanderson não é o pai biológico dela; por maldade ou por ignorância alguém poderia contar a ela. Sabendo, não fará diferença para nossa garota.

Quando Nina foi embora, Sol aproximou-se da avó e perguntou:

— Vovó, a senhora é minha avozinha biológica ou do coração?

— Ambas, querida. Biológica, porque sou mãe de sua mãe; de coração, porque a amo demais.

Solange a abraçou e expressou:

— Eu a amo, vovó! Amo mesmo! Sou sua neta mais de coração. Gosto demais do seu abraço!

Realmente, as duas estavam ligadas pelo amor, pelo afeto desinteressado que deveria existir entre as pessoas. Era o amor pelo coração.

Solange não deu importância para esse fato, continuou chamando Sanderson de "pai". Se escutava que ele não era seu pai, sorria e respondia:

— Como não? Ele é meu pai de coração.

A não ser pelas imagens e fatos alheios à sua vida que lhe vinham à mente, Solange da Nina estava bem e feliz.

Nina de fato mudara, e para melhor. Passou, com o tempo e a convivência, a amar Sanderson, que era um bom marido.

O tempo passou. Solange, maiorzinha, entendia que não podia falar o que vinha à sua mente. Se ela não entendia o que acontecia, as outras pessoas também não e achavam estranho. Ela não sabia falar, explicar o que sentia; de repente sentia vontade de chorar porque estava triste, mas não estava. Pensava às vezes "tenho prova amanhã, tenho que estudar", mas não tinha. "Quero colocar meu vestido verde", mas não tinha nenhum vestido verde; "quero ir à escola sem escada", mas na que estudava tinha escada. "Meu irmão rasgou meu caderno", mas o irmão dela não tinha rasgado. "Que gostoso entrar no mar", mas não estava na praia. Não falava e se esforçava para pensar em outras coisas. Por duas vezes se sentiu gripada, mas não estava. Não falava para não preocupar a avó e a mãe, que pensavam que ela não mais tinha esses pensamentos. Passou a guardá-los somente para si.

Em sua vida não havia muitos problemas. Às vezes pensava no seu pai biológico e se indagava como seria ele e o porquê de ele ter abandonado sua mãe. Mas resolveu não pensar mais nesse fato, Sanderson era o seu pai, e gostava dele. Ela ia muito ao bar, à casa da mãe, brincava com os irmãos, mas morava com a avó, que a amava demais.

Solange da Nina estava bem.

# CAPÍTULO 8
## As Solanges

  As Solanges, as Sol, cresceram sem maiores problemas, ambas frequentavam centros espíritas, não eram muito assíduas, mas iam. Ambas tinham alguns pensamentos que não compreendiam. A Sol do Adolfo, a quem vamos nos referir como Sol A, às vezes ficava insegura, indecisa com o futuro, pensando coisas como: "O que eu irei fazer? O que estudar?". E o mais preocupante: "Como estudar?". Chegava a rir desses pensamentos. Estudava numa boa escola e tinha como escolher uma profissão, estudaria o que quisesse, poderia passar numa universidade pública ou estudar em alguma particular, não tinha problemas financeiros, mas sentia ter, isso a incomodava, porém não falava disso a ninguém. Como todas as adolescentes, às vezes implicava com os irmãos, achava o pai chato. Sol A era estudiosa, ajuizada e, naquele momento, estava indecisa quanto a que profissão escolher.

Gostava de todos, do pai, da madrasta, dos irmãos, tinha muitos amigos, que iam à sua casa, e ela, às vezes, às deles. Mas gostava mesmo era de Celina, era a única pessoa com quem falava da mãe. Celina, porém, não falava o que de fato Amélia fora, mas o que queria que ela tivesse sido. Contava fatos de Amélia que combinara com Adolfo, somente da doença no coração e não da psíquica. Pelo pai soube:

— Conheci Amélia, nos apaixonamos, eu a amava muito, e ela a mim. Sua avó Zilá desencarnou quando Amélia era adolescente; o pai, seu avô Olavo, cuidou dela e do irmão, e ambos tinham uma deficiência cardíaca muito séria. Era perigoso Amélia engravidar, mas ela quis muito, eu acabei concordando, ela engravidou e desencarnou no parto. Sofri muito.

De Celina, escutou:

— Amélia era muito boa, doce, educada, sofria pela sua doença, mas quis arriscar e ter você. Desencarnou feliz e penso que, com certeza, ela está bem lá no céu. Eu amava Amélia como se fosse minha filha.

Sol A se orgulhava do fato de ser parecida com sua mãe. Gostava de ouvir Celina falar de Amélia e fazia perguntas. Amava a mãe que não conhecera. Ela pensava que a mãe fora enterrada junto dos avós e que, a pedido dela, não puseram uma placa com seu nome no túmulo.

Sol A sabia que era rica e não entendia o porquê de pensar se daria ou não para comprar algo ou como estudaria.

Celina passou mal, os vizinhos chamaram uma ambulância e telefonaram para Adolfo, que foi rápido ao local para onde ela foi levada. Encontrou-a muito mal. De fato, ela desencarnou horas depois de ter entrado no hospital por enfarto. Adolfo tomou todas as providências, a filha estava na escola, ele foi buscá-la, avisou os vizinhos, fez um velório de poucas horas e a enterrou no túmulo da família, onde foram sepultados Zilá, Olavinho, Olavo e onde Sol pensava que também estava a mãe dela. Sol chorou muito, sentiu. No velório, foram muitos vizinhos, foi então que Adolfo percebeu que Celina era querida e, pelos comentários que ouvira, ajudava todos os vizinhos. Depois do enterro, Adolfo foi à casa dela.

"Éramos somente eu e Celina que sabíamos do nosso segredo, preciso ver se ela deixou em sua casa algo que me comprometa."

Foi lá, a casa era pequena, e Celina não tinha muitas coisas. Olhou atento em todos os lugares, abriu todas as gavetas, olhou as roupas, alimentos. Encontrou, numa gaveta da cômoda que estava no quarto dela, algumas fotos, de Zilá, Olavo, Olavinho, Amélia e muitas de Sol: ela pequena, maiorzinha e recentes. Pegou as fotos e, junto, estavam documentos, um deles de que Celina deixara a casa para Solange.

"As fotos, irei rasgar e queimar; este documento, irei levar. A casa é de Solange, mandarei pintar e a alugarei", decidiu.

Foi à rua e chamou por duas vizinhas, ele as conhecia porque sempre visitava Celina e as via, realmente cuidou dela como prometera, nada de material faltara à velha empregada, amiga e cúmplice. Duas vizinhas vieram, entraram na casa, e Adolfo falou:

— Senhoras, é muito triste ter que me desfazer de tudo o que fora de Celina, mas é necessário. A casa, ela passou para minha filha, e eu a alugarei. Tudo o que tem aqui dentro, móveis, roupas, alimentos, queria que repartissem entre vocês, os vizinhos que eram amigos dela. As senhoras podem fazer isso para mim, por favor?

— Deixe-me ver se entendi. O senhor quer que nós duas dividamos tudo o que tem aqui, nesta casa, entre nós, os vizinhos de Celina? — perguntou uma das vizinhas.

— Sim, por favor — respondeu Adolfo.

— Ela pode ter algo de valor — alertou a outra senhora.

— Penso que não, mas, se tiver, dividam assim mesmo. Penso que Celina ficará contente vendo suas coisas sendo aproveitadas. Espero que façam isso logo, daqui a três dias uma pessoa da imobiliária virá aqui para pegar a chave com as senhoras e espero que a casa esteja vazia. Agradeço-as por isso.

— Nós que agradecemos.

Adolfo foi para casa consolar Solange, que estava chorosa, ela sentiu muito o desencarne de Celina.

Sol A saía com as amigas, mas o pai e Danuza estavam sempre atentos a ela. Havia garotos interessados nela, mas Sol resolvera não namorar ainda. Um desses garotos era Rogério, um rapaz dois anos mais velho que passara numa universidade numa cidade próxima, ele cursaria engenharia mecânica.

Solange do Adolfo, ou Sol A, estava muito bonita, usava os cabelos compridos no meio das costas, que eram pretos e muito lisos, suas feições eram delicadas, media um metro e sessenta e três centímetros e pesava cinquenta quilos. Era uma mocinha agradável. Cursaria, aquele ano, o último do ensino médio e já mudara várias vezes o que iria estudar, somente sabia que faria um curso superior.

Solange da Nina, Sol N, preocupava-se com seu futuro. Queria muito estudar numa escola particular, fazer cursos de idiomas e prestar uma universidade pública, porém não sabia que curso escolher, estava pensando em um que poderia lhe dar oportunidade de um bom emprego. Estudava pela manhã e, à tarde, três vezes por semana, trabalhava de babá, isto para ter dinheiro para comprar roupas. Sua avó não tinha como lhe dar dinheiro, pois gastava muito com remédios. Sua mãe lhe dava uma pequena mesada, mas ela não podia pagar uma escola particular nem os cursos de idiomas que queria fazer.

Sol N era, assim como a outra Solange, muito bonita, e usava os cabelos longos, que eram pretos e muito lisos; era magra e media um metro e sessenta e três centímetros. Era risonha e ainda tinha alguns pensamentos alheios à sua vida, como: "Gosto de estudar inglês nesta escola de idiomas", mas ela não estudava; "Preciso fazer a prova de química", mas ela não tinha prova; "Esse vestido é caro, mas vou comprar e a bolsa também", porém não ia comprar nada. Sol N tinha poucas roupas, ganhava algumas de sua tia Antônia, sua madrinha, e algumas da mãe, mas usava roupas básicas, nada caro. Não tinha joia nenhuma e às vezes pensava em usar algumas.

Ambas as Solanges fizeram dezesseis anos. Adolfo registrou a filha um dia antes, isto pelo desencarne de Amélia. Sol N foi registrada no dia em que realmente nasceu.

Sol N se preocupava com seu futuro. A vó, que amava muito, estava idosa e sempre adoentada; se ela desencarnasse, teria que morar com a mãe, que era algo que não queria.

"Quero", determinou Sol N, "cuidar da vovó, ela cuidou de mim e cuida ainda, quero sempre ficar com ela; tomara que, quando vovó for para o Plano Espiritual, eu possa me sustentar e morar sozinha".

Tinha rapazes interessados nela, em namorar, mas Solange não se interessou, pensava não ter tempo. De fato, realmente tinha que dividir bem suas tarefas para dar conta, ajudava a avó nas tarefas domésticas e trabalhava de babá quase todos os finais de semana, nas sextas-feiras e sábados à noite, para casais saírem. No tempo restante, estudava. Era boa aluna, porém sabia que, do ensino de uma escola particular para o de uma pública, havia muita diferença. Rosário chegou a opinar que ela, após o término do terceiro ano, deveria procurar emprego no comércio. Mas Sol queria cursar uma universidade e estava pensando em fazer o curso de psicologia para ajudar crianças com problemas.

Estava muito preocupada, porque não estava encontrando solução para o seu problema, que era continuar estudando.

Naquela noite, estava se sentindo mais insegura e aborrecida, foi ao centro espírita com sua avó. A palestra foi dada por um senhor, e Sol N escutou atenta.

O palestrante leu um texto do Novo Testamento, Evangelho de Mateus, capítulo seis, versículos de vinte e oito a trinta e quatro: "E por que vos inquietais..." E terminou: "Porque o dia de amanhã cuidará de si, a cada dia basta o seu cuidado".

Após, explicou o texto:

— Olhai os lírios dos campos, as aves do céu. A natureza nos dá uma preciosa lição, ela não é nervosa, não tem afobação, não espera resultado, mas tem perfeição nas suas obras, sem esperar elogios e sem se importar com críticas. Flores maravilhosas desabrocham no interior de florestas, onde nascem, florescem, morrem e ninguém as vê; são substituídas por outras, também belas. Nada na natureza nasce para ser elogiado. Nós não necessitamos de louvores para fazer bons atos, devemos seguir o exemplo da natureza. Assim, não devemos esperar elogios nem temer críticas, devemos realizar com amor e entusiasmo as tarefas que temos de fazer, que nos competem.

"Mas ociosos de antes e de agora costumam dar opinião sobre esse ensinamento de Jesus, interpretam erroneamente que não é preciso trabalhar. Não é para ficarem inertes. Infelizmente, muitos, querendo facilidades, se reconhecem como flores, mas são ainda espinhos. Os lírios não fiam, não tecem, mas cumprem a vontade do seu Criador, enfeitam, alegram, não exigem nada das pessoas, nem admiração. As flores enfeitam e alegram, confortam e não se revoltam quando alguém as colhe. Você aceitaria ser assim para se julgar uma flor? Um lírio? Será que não estamos ainda muito preocupados com as coisas materiais para viver como as flores? As aves fazem seus ninhos, fazem suas casas, procuram alimentos, cuidam dos ninhos e dos filhotes. As flores adornam tranquilas e, como as aves, seguem suas trajetórias. Nós também devemos estar confiantes e fazer o que nos compete no Plano Físico: trabalhar, nos instruir e, com amor e dedicação, como as flores e os pássaros, atender os desígnios de Deus.

"Devemos fazer planos, estudar, trabalhar, sem esquecer de alimentar nosso espírito, porque este sobrevive após o corpo físico ter seu término, e continuaremos no Além a nossa trajetória, fazendo tudo o que nos compete sem esperar nada. Fazer o bem, ser bom, porque isso é o que tem de ser feito."

Solange gostou demais do que ouviu, entendeu que ela precisava planejar e confiar; queria estudar, ter um diploma universitário, e isso, no momento, parecia difícil, mas não era impossível. Queria ser útil, fazer algo de bom. Iria estudar, queria.

"Com certeza não irei passar numa universidade pública, mas, no ano que vem, me inscreverei para fazer um cursinho grátis, estudarei muito e confiarei. Como escutar palestras me faz bem! Penso que faz a todos que escutam. Eu pensava, quando li essa passagem do Evangelho, que bastava confiar. Não! É necessário realizar, fazer, estudar e trabalhar, ser boa pessoa e não esperar nada em troca, fazer porque temos de fazer. Isso é maravilhoso!"

Dias se passaram e Sol N estava muito animada, a escola em que estudava organizou uma excursão a uma universidade da cidade. Iriam as três classes do terceiro ano do ensino médio. Foram de ônibus. Sol N, embora morasse na cidade, nunca a havia visitado. Foram todos de uniforme. No planejamento, iriam conhecer a área externa; após, o refeitório, o laboratório e algumas salas de aula; poderiam conversar com os universitários, e um professor lhes daria explicações. Para Solange, seria uma excursão maravilhosa. Foi entusiasmada. O grupo, todo atento, prestava atenção nas explicações de um professor que os acompanhava. Viram a parte externa e foram ao refeitório. Sol N olhava tudo com admiração, sentindo vontade de um dia usufruir daquele local como estudante. De repente escutou:

— Sol! Você aqui?!

Ela olhou para quem a chamara e duas colegas próximas também o fizeram.

— Sol! — o moço repetiu.

Sol N o olhou, não o conhecia, sorriu.

— O que faz aqui? — o rapaz insistiu.

— Eu? — Sol N respondeu. — Estou aqui. Quem é você? Não o conheço.

— Solange! O que é isso? Não entendo! Por que está aqui e vestida assim?

O rapaz segurou o braço dela, as duas amigas interferiram.

— Solte-a! — gritou uma das colegas.

O rapaz a soltou. Um professor se aproximou e indagou:

— O que está acontecendo?

— Esse rapaz está importunando minha amiga — explicou a colega.

O professor somente olhou para o rapaz, que se afastou.

— Que doido! — Uma das amigas estava indignada.

— Estranho! — opinou a outra. — Ele sabia até o seu nome. Você não o conhece mesmo?

— Não! — afirmou Sol N.

— Saber o nome é fácil, bastaria ele ter perguntado para alguém do nosso grupo — concluiu a colega.

Disfarçadamente, procurou pelo rapaz e o viu entre os alunos da universidade, o observou e concluiu que de fato não o conhecia.

A excursão transcorreu com muito proveito; Sol, entusiasmada, aproveitou bem a excursão.

Mas o rapaz, Rogério, estava confuso. Era amigo de Sol A, moravam na mesma cidade, há tempos queria namorá-la, achava-a linda. Sol, porém, não queria namorar e o tinha como amigo. Ele tinha certeza de tê-la visto no refeitório, ainda mais que ela atendeu quando ele a chamou de Sol. Mas o que Solange estaria fazendo ali e com o uniforme de uma escola local? Não conseguia entender.

À tarde, telefonou para Sol A e tentou saber:

— Você foi hoje à aula?

— Sim, fui, como sempre — respondeu Sol A.

Conversaram mais um pouco e Rogério desligou.

"O que será que aconteceu?", Rogério estava encabulado. "Tive certeza de que a vi, e ela atendeu quando eu a chamei de Sol. Chama-se Solange. Algo estranho está acontecendo."

No outro dia, teve aula até as dez horas, saiu da universidade e foi para a frente da escola em que a moça que vira estudava, soube porque eles estavam de uniforme. Aguardou na frente do prédio, num local em que não seria visto, e esperou pelo final das aulas, que seria às doze horas. Após o sinal, os alunos foram saindo, ele viu a moça, pôde reparar bem nela e a achou idêntica à Sol sua amiga. A moça saiu conversando com um grupo de colegas e ele a seguiu discretamente, as colegas foram ficando pelo caminho e ela continuou com outras duas até uma casa, então ela entrou, e as outras duas continuaram. Ele olhou bem o endereço, esbarrou numa senhora, se desculpou e aproveitou para perguntar:

— A senhora mora por aqui?

— Sim, logo ali — apontou a senhora.

— Então deve conhecer a moça que mora aqui.

— Ah! Sim, conheço ela e a avó. O nome dela é Solange e todos a chamam de Sol. Bonita, não é?

— Elas moram aqui há muito tempo?

— Desde sempre. Está interessado nela?

— É que eu queria comprar uma casa por aqui — mentiu Rogério.

— Essa com certeza não está à venda.

— Obrigado, senhora. Tenho que ir.

Foi para o apartamento em que morava e ficou ainda mais encabulado.

— Muita coincidência! Mas são de fato duas pessoas! São exatamente iguais! Duas! E ambas se chamam Solange! Incrível!

No final da semana foi para sua cidade e telefonou para Sol A, sua amiga.

— Sol, preciso falar com você. É importante! Muito importante! Preciso que seja a sós. Por favor! É algo do seu interesse. Vamos agora numa lanchonete? Por favor!

Solange A ia recusar, não queria vê-lo sozinha, mas sentiu na voz dele que devia ser importante. Foi ao encontro; quando chegou, ele a esperava. Após cumprimentos, ele foi direto ao assunto:

— Sol, aconteceu algo que não sei explicar. Inacreditável! Impressionante! Vi uma moça idêntica a você.

Sol A riu, mas, ao ver o amigo sério, parou e o olhou.

— É melhor explicar — pediu.

Rogério resumiu e contou o que acontecera.

— O mais incrível é que ela se chama Solange, e as pessoas se referem a ela como Sol.

— Você me deixou curiosa. Quero vê-la!

— Você pode ir, na segunda-feira, comigo à cidade em que estudo. Vou sempre com o meu carro. Posso pegá-la antes de você entrar na escola. Vamos, você a vê e depois volta de ônibus.

— Posso dizer em casa que ficarei na escola à tarde; quando isso acontece, almoço num restaurante perto. Você tem certeza, Rogério, do que está me falando? Estou confiando.

— Se necessário, juro. É verdade, Sol.

Combinaram de ir na segunda-feira. Rogério a esperou perto da escola onde estudava e ela não entrou no prédio, pediu para uma colega dizer que se sentira mal e que ia embora. Dirigiu-se a uma rua paralela, entrou no carro de Rogério, que a esperava, e foram para essa outra cidade. Lá eles completariam o plano. Rogério foi à escola onde Sol N estudava, falou com a diretora, pediu para falar com ela, que tinha de lhe dar um recado, e esperou a moça no pátio. Sol N foi chamada, saiu da sala de aula e foi ao pátio. Assim que viu Rogério, o moço que a importunara na universidade, quis recuar e ele implorou:

— Por favor, Sol, você precisa me ouvir. Por favor!

Ela o olhou e se aproximou.

— Por favor — pediu Rogério —, antes de falar algo a você, quero que olhe pelo vitrô do outro lado da rua.

Sol N olhou. Viu, parada perto de um poste, uma moça, era Sol A.

— O quê?! — Sol N se admirou.

— Ali está a moça que eu confundi com você. São idênticas! Ela quer conhecê-la.

— Que coisa! Ela se chama Solange também? — Sol N quis saber.

As irmãs Sol

— Sim — respondeu Rogério. — E todos nós, seus amigos, a chamamos de Sol. Por favor, peça para sair, diga que é uma emergência e venha conhecê-la.

Sol N ficou curiosa e admirada. Ao olhar pelo vitrô, viu, do outro lado da rua, uma moça que aparentava ser muito parecida com ela.

— Espere-me lá fora com ela, irei sair — decidiu Sol N.

Rogério saiu da escola, foi para perto de sua amiga e a informou:

— A outra Solange está vindo para conhecê-la, ela a viu pelo vitrô e ficou impressionada, espero que você também fique. Penso que eu somente as diferenciarei pelas roupas.

Sol A ainda estava duvidando; pensou, naquele momento, que estava sendo irresponsável por estar faltando às aulas, mentindo em casa e se aventurando com o amigo para conhecer uma pessoa que ele dizia ser parecida com ela. Porém, ao ver a moça se aproximando, encabulou-se. Ela andava como ela, era da mesma altura, peso, cabelos iguais, negros e longos. Frente a frente, se observaram. Não conseguiram falar. A sensação de ambas era de que estavam diante de um espelho, mas com roupas diferentes.

— Não falei que são parecidas? — expressou Rogério.

— Oi!

— Olá!

E continuaram se olhando.

— Vamos sair daqui, entrem no meu carro, vamos tomar um café — determinou Rogério.

Foram a uma cafeteria. As moças estavam caladas e se olhavam. Rogério pediu café e bolachas.

— Vocês duas colocam as mãos no colo da mesma maneira — observou Rogério.

As duas imediatamente tiraram as mãos.

— Você se chama Solange? — perguntou Sol A.

— Sim — respondeu Sol N e falou o seu nome inteiro.

Sol A também falou o seu nome.

— Será que vocês têm a mesma idade? — Rogério quis saber. — Pelo jeito devem ter, ambas cursam o terceiro ano do ensino médio.

As duas falaram a idade, dezesseis anos, e, quando falaram o dia em que nasceram, riram. Tinha somente um dia de diferença.

Sol A pediu ao amigo:

— Rogério, você não nos deixa sozinhas por um momento? Eu pago a conta, me espere no carro, por favor.

O moço sorriu e se afastou. Sol A falou:

— Conheço Rogério há tempos, somos amigos, embora ele esteja sempre querendo me namorar. Quando ele me contou que vira uma moça idêntica a mim, achei que era exagero dele. Não costumo fazer isso, faltar à aula e me aventurar por aí, mas foi o que fiz, senti curiosidade e penso que fui influenciada a conhecê-la. De fato somos parecidas.

— Pensei que esse Rogério era um alienado ou que queria me abordar por algum outro motivo. É muita coincidência, não é? — Sol N não sabia o que falar.

— Solange — disse Sol A —, será que temos motivos para sermos tão parecidas? Temos sobrenomes diferentes. Parentes de minha mãe, eu não tenho. Do meu pai, eu não sei, ele tem irmãos por parte de pai, mas eles não têm contato. Será que somos primas? Vou falar um pouco de mim. Minha mãe morreu quando eu nasci, meu pai casou de novo e tenho dois irmãos. Somos ricos. E você?

— Minha mãe me criou, meu pai biológico a abandonou; ela depois casou, meu padrasto me registrou como filha e também tenho dois irmãos. Moro com minha avó materna.

— Você sabe o nome do seu pai biológico? — perguntou Sol A.

— Somente o primeiro nome: Adolfo.

Sol A tomou seu café, levantou e decidiu:

— Espere-me, Sol, vou pedir para Rogério ir embora, penso que temos muito o que conversar.

Sol A foi até o amigo e pediu para ele ir para a universidade, que ela depois pegaria um táxi para ir à rodoviária, e voltou para a cafeteria. Após se sentar, falou:

— Sol, deve haver fatos que desconhecemos. Seu pai se chama Adolfo, o meu também. Será mais uma coincidência? Porém Adolfo não é um nome muito comum. Será ele o nosso pai? Seremos irmãs?

As duas ficaram caladas por minutos.

# CAPÍTULO 9
## Conhecendo-se

Tomaram café e comeram bolachas, as duas não sabiam o que falar. Foi Sol A quem decidiu:

— Vamos sair daqui, estamos chamando atenção. Há algum local aqui perto em que podemos ficar sossegadas e conversar?

— Há uma praça, neste horário deve estar tranquila.

Sol A pagou a conta e saíram, Sol N amarrou os cabelos num rabo e Sol A colocou seus óculos. Andaram caladas por dois quarteirões e se depararam com uma praça. Sentaram-se num banco.

— Para sermos tão parecidas assim, só pode ser porque somos irmãs — concluiu Sol A.

— É, pode ser — concordou Sol N. — Será que temos o mesmo pai? Sol, eu sempre tive lances estranhos. Você é rica. Eu não. Sentia-me comprando roupas caras, indo a aulas de idiomas, a festas, usando joias. Eu não tenho nada disso.

— Eu também — contou Sol A —, desde pequena tinha uns lances diferentes; quando eu era pequena, queria uma boneca preta e a minha avó, porém eu não tenho vó.

— Moro — contou Sol N —, sempre morei com minha avó materna, a vó Rosário, eu a amo muito e sempre gostei da minha boneca preta.

As duas riram e passaram a falar de fatos ocorridos com elas, entenderam que o que ocorria com uma a outra sentia.

— Logo minha aula terminará — alertou Sol N —, tenho que ir para casa, almoço e às treze faço um trabalho de babá.

— Vamos então falar o que nos interessa — decidiu Sol A. — O fato é que tivemos, temos uma espécie de conexão, uma sentia o que a outra sentia. Teremos tempo para conversar. Eu também tenho que ir embora, irei pegar um táxi e ir para a rodoviária, retornarei à cidade em que moro e lá tentarei saber o que acontece. Por enquanto não devemos dizer nada disso a ninguém. Não fale para sua avó e mãe. Ao chegar, irei conversar com meu pai e saberei de toda a história, se ele é também seu pai. Amanhã à tarde você trabalha?

— Não! Nas terças-feiras eu não trabalho — respondeu Sol N.

— Vamos nos encontrar. Aqui é longe de sua casa? — Sol A quis saber.

— Sim, é.

— Onde então podemos nos encontrar?

Sol N falou de outra praça e Sol A recomendou:

— Não fale a ninguém que nos encontraremos. Às duas horas e trinta minutos estarei lá; para nós duas não chamarmos atenção, colocarei uma peruca loira e óculos escuros.

As duas se olharam e, num impulso, se abraçaram.

— Eu gosto de você! Parece que eu sempre gostei! — exclamou Sol N.

— Eu também sinto isso. Amo você! Você deve ser minha irmã — Sol A se emocionou.

Havia na praça um ponto de táxi, foram para lá e as duas entraram.

— Você desce perto da escola, diga onde, depois irei para a rodoviária.

Sol N parou perto de sua casa, desceu rápido e foi para o seu lar. Sol A foi para a rodoviária, esperou por quarenta minutos pelo ônibus. Na cidade em que morava foi direto da rodoviária para a imobiliária de seu pai. Precisava falar com ele. Adolfo estranhou ver a filha, ela raramente vinha ao seu local de trabalho, e se admirou mais ainda quando ela pediu para lhe falar em particular. Foram à sala dele.

— Papai, aqui é seguro? Ninguém pode ouvir o que vamos conversar.

— Sim, é — Adolfo se preocupou. — O que está acontecendo, filha?

Sol A aproximou-se do pai, sentou pertinho dele e falou em tom baixinho:

— Papai, conheci uma menina parecidíssima comigo. Tudo começou quando Rogério, que estuda em outra cidade, viu uma garota muito parecida comigo, que julgou ser eu. Ele me falou dela, hoje não fui à aula, mas com ele à cidade em que Rogério estuda.

— Filha, isso não se faz! — Adolfo a interrompeu.

— Sei disso, papai — concordou Sol A —, mas fiquei curiosa. Não me interrompa. Fui, vi essa moça e me admirei. De fato, somos parecidíssimas, temos o mesmo tamanho, peso, cabelos lisos e pretos, somos idênticas. Conversamos. Encontramo-nos e conversamos. Agora entendo que aqueles meus pensamentos diferentes eram fatos que ocorriam com ela. O fato é que temos o pai com o mesmo nome: Adolfo. O pai dela abandonou a mãe e ela somente sabe o primeiro nome dele, repito: Adolfo. O nome da mãe dela é Adalina, Nina.

Adolfo foi escutando a filha, no começo sem muito interesse, depois apreensivo, e, ao escutar o nome Adalina, Nina, ele se assustou, não conseguiu falar. Sol A observou e, pela reação do pai, compreendeu que ele conhecia Nina e que com certeza era o pai de Sol N.

— Papai, pelo jeito, o senhor conheceu Nina, a mãe dessa moça que se parece comigo. E sabe da coincidência maior? Ela se chama Solange e todos a chamam de Sol.

Adolfo tomou água.

— Filha! Eu não sei...

— Papai, é melhor me contar tudo, por favor. O senhor é o pai dessa moça?

— A parteira me garantiu que o filho que essa mulher esperava nascera morto — disse Adolfo. — Vou lhe contar tudo. Eu sempre amei Amélia, mas ela, por ser doente, bem... não tem desculpas. Eu me envolvi com uma moça, ela não era uma pessoa honesta, era fútil, saía com muitos rapazes. Ela engravidou, eu cuidei dela; para mim, o nenê dela morreu, eu então lhe dei dinheiro e segui com minha vida.

— Pelo jeito, o nenê dela não morreu, nasceu, cresceu e é parecidíssimo comigo. Vou lhe contar o que soube: essa Nina casou e tem dois filhos, o marido dela registrou essa Solange como filha dele. Sol mora com a avó que a criou. O fato real é que somos parecidas.

— É melhor deixar esses fatos como estavam. Essa moça tem pai; Nina, com certeza, está ajuizada, se casou. É melhor que o passado fique no passado. Você ser parecida com essa moça é coincidência. Esqueça essa moça!

— Mas ela pode ser sua filha! — Sol se indignou.

— Não posso ter certeza! Eu nem sabia que o filho que Nina esperava era meu. A parteira me garantiu que o nenê morreu. Não sinto ser o pai dela, dessa moça. Nina tinha muitos envolvimentos e com certeza nem ela sabe quem é o pai. É provável que Nina tenha tido depois essa filha e, como não sabia de quem era, deu o meu nome. Por favor, filha, não comente isso com ninguém. É algo muito confuso.

— Não irei falar. Ainda mais agora que o senhor não se sente pai dela.

— Esqueça, por favor, esse assunto — rogou Adolfo.

— Sim, irei esquecer.

Sol A ficou chateada com o que ouvira e com a atitude do pai. Adolfo ficou muito preocupado, ele julgava a história findada. Encabulou-se:

"Nina teria tido duas crianças?"

Pensou, pensou e concluiu que Nina tivera depois outra filha com outra pessoa e que ele não era o pai.

Sol A foi para casa e pensou muito. Rogério ligou, curioso, para saber o que as duas acharam uma da outra. Sol A, rindo, contou que era pura coincidência, não havia nenhuma possibilidade de parentesco. Era para ele esquecer porque, por ela, já havia esquecido.

No outro dia, contratou um táxi para levá-la e depois trazê-la, iria à outra cidade. Foi depois da aula e disse em casa que ia ficar na escola e fazer um trabalho na biblioteca. Pegou sua mochila e colocou uma peruca loira dentro. Foi; na cidade, pediu para o taxista parar numa rua próxima da praça e esperá-la; colocou a peruca, os óculos escuros e foi para a praça. Encontrou Sol N a esperando.

Sol A contou o que seu pai falara.

— Deve ser verdade, Sol. Minha avó já me falou que minha mãe, quando jovem, lhe deu muitas preocupações. Seu pai não mentiu. Devem ter, na época, nascido duas filhas dele, a de Amélia e a de Nina. Acreditando que a de Nina nasceu morta, ele não se importou. Seu pai está certo, o passado passou e não deve ser revivido. Deixemos assim.

— Podemos até deixar, ou ele deixar. Mas eu, não. Sinto que somos unidas, sinto ser sua irmã, posso até não ser biológica, mas sinto. Por que sentíamos viver fatos que ocorriam com a outra? Penso que somos irmãs. Eu sou rica. Receberei de herança muitos bens aos vinte e um anos, e outros aos vinte e cinco anos. Posso usufruir da renda de muitos imóveis. Eu posso e quero: vou ajudá-la. Dê para mim um número da conta de um banco, mandarei dinheiro para você estudar e parar de trabalhar.

Sol A estava decidida, Sol N se encabulou e perguntou:

— Você fará isso? Você acabou de me conhecer. Não me parece certo você me ajudar.

— Sim, eu a ajudarei. De fato, nos conhecemos agora, porém sinto que a conheço há muitos anos, sempre. Sol, penso que tem motivos para sermos parecidas. Quero ajudá-la, por favor, aceite. Penso que, se eu fosse pobre e você rica, me ajudaria. Não estarei fazendo nenhum sacrifício em ajudá-la. Repito: sou rica. Você deve continuar estudando na sua escola, é o último ano, porém deve se matricular na escola de idiomas, parar de trabalhar, arrumar uma pessoa para ajudar sua avó e estudar bastante. Talvez deva ter professores particulares. Para justificar como está fazendo essas despesas, diga que seu pai biológico apareceu e está ajudando.

Sol N ficou sem saber se devia aceitar ou não o que Sol A lhe propunha. Acabou aceitando. Deu a conta de sua avó. O encontro foi rápido. Sol A deveria voltar e combinaram de se encontrar na terça-feira seguinte no mesmo local.

Sol A voltou de táxi, Sol N foi para casa e se pôs a pensar no que havia lhe acontecido. Não comentou com ninguém o que acontecera com ela. Não sabia se estava certa ou não em aceitar ajuda da outra Sol. Estava insegura.

Naquela noite foi ao centro espírita com sua avó. Escutou da palestrante:

— Vamos abordar essa noite um ensinamento de Jesus que está no capítulo vinte e cinco de *O Evangelho segundo o Espiritismo*: "Buscai e Achareis". Ajuda-te, e o céu te ajudará.

A palestrante leu o texto de Mateus, capítulo sete, versículos de sete a onze, e após explicou:

— Peça e lhe será dado, busque e achará, bata e lhe será aberta. Porque tudo o que se pede se recebe, o que se busca se encontra, e a quem bate é aberta a porta. É o princípio da lei do trabalho e, por conseguinte, da lei do progresso. Porque o progresso é produto do trabalho, desde que é este que põe em ação as forças da inteligência.

"Devemos então sempre trabalhar porque é o trabalho a chave do progresso; se nós, humanos, não tivéssemos trabalhado nosso corpo físico, ele se atrofiaria; se não trabalhássemos intelectualmente, aconteceria o mesmo com o nosso cérebro, não teríamos progredido. Trabalhe e produzirá, dessa maneira teremos o mérito de nossas realizações, de nossas obras. Seremos recompensados de acordo com o que fazemos. Não estamos livres da lei do trabalho, mas encontraremos o que procurarmos. Muitas vezes queremos tanto uma coisa que, quando nos é dada, duvidamos. Se procurou, bateu, esforçou-se, trabalhou, esse algo desejado apareceu; se é bom e encontrou, o use e continue com esforço, estudo e trabalho no que recebeu. Porém a porta não se abre com facilidade, não recebemos nada sem mérito.

"Bateu, a porta se abriu. Quem a abriu? Sabemos que Deus deixa que um filho Dele atenda outro filho."

A oradora falou por trinta minutos, mas Sol N gravou o que necessitava no momento.

"Eu, há tempos", concluiu Sol N, "peço a Deus, aos bons espíritos, que me ajudem para que eu possa estudar. Com certeza bati na porta, caminhei, porque tenho estudado, me esforçado, e uma porta se abriu, e por Sol, ela não seria assim tão parecida comigo se não fosse minha irmã por parte de pai. Se essa irmã pode e quer me ajudar, vou aceitar".

Como combinaram, não falou desse encontro com ninguém.

Sol A quis ir, naquela noite, ao centro espírita com Danuza. A palestra foi sobre um texto de Mateus, capítulo sete, versículos de sete a onze. Busque e achará. Com certeza essa foi uma coincidência.

A palestrante explicou e Sol A gravou o que lhe interessou:

— Busque, bata, é a condição que temos para receber. Quando procuramos e vamos atrás do que queremos, nos tornamos receptivos para receber. Criamos em nós a receptividade para receber a graça que almejamos. Não devemos pedir como se pudéssemos lembrar a Deus por Ele nos ter esquecido. Somos nós que devemos criar em nós a afinidade necessária para que Deus atue em nós. A graça de Deus, Seu amor, está dentro de nós, sempre presente; nós que temos de criar em nós condições para sentirmos Sua presença. Deus está sempre presente em todos nós, cabe a nós sentirmos Sua presença.

"O que devemos realmente pedir? Pedir luz para clarear nosso caminho, força para resistir às tentações, ajuda dos bons espíritos, bons conselhos, é isso que devemos pedir, e não facilidades que podem nos resultar em mais dificuldades.

"Devemos ficar atentos para aproveitar as oportunidades que Deus nos dá de sermos a causa do atendimento de pedidos alheios. Temos sempre como abrir portas, caminhar junto, dar algo para quem procura. Isso é maravilhoso! Poder ser instrumento do bem aos que pedem. Se podemos ser, devemos ser."

"Quero", almejou, orou Sol A com fervor, "fazer o que me compete para essa irmã. Se eu tenho como ajudá-la, devo ajudar. Tenho certeza, porque eu senti, que ela quer estudar, ela bateu na porta, e Deus quer que eu a abra. Sentia ela preocupada com como estudaria. É a resposta: vou ajudá-la".

Após decidir, sentiu-se mais tranquila. No outro dia, depois das aulas, Sol A foi a uma loja, cuja proprietária era espírita e amiga de Danuza, que vendia joias. Conversou com ela. Queria vender algumas que tinha e que estavam no cofre de um banco. Essa senhora se propôs a comprar. Solange A foi ao banco, se identificou, ela tinha a chave do cofre, abriu, pegou um estojo em que estavam as joias, devolveu a chave ao gerente e avisou que não ia mais alugar o cofre. Levou o estojo para a compradora, que as avaliou. A senhora foi sincera com ela, compraria desde que Adolfo concordasse. Sol A pegou algumas joias para si, as mais delicadas, as que vira a mãe nas fotos usando. Deixou as joias e afirmou que o pai telefonaria confirmando. A senhora a pagaria conforme fosse vendendo. A mocinha foi, novamente, à imobiliária conversar com o pai. Contou a ele o que decidira. Adolfo quis discordar, mas Sol A não deixou e determinou:

— Papai, tenho muitos bens que dão renda, sei que é muito dinheiro, renda mensal de imóveis alugados. Desse dinheiro, eu gasto pouco, talvez um terço. O resto fica para o senhor, porém esse dinheiro é meu. Minha herança! Agora descobri uma irmã. Somos unidas. Eu a amo! Lembra daquelas minhas esquisitices? Quando eu falava coisas totalmente diferentes do ocorrido conosco? Continuei tendo, mas não falava. Era o que acontecia com ela. Também ela sentia isso, tinha lances diferentes de sua forma de vida. Quero ajudá-la. Nunca iria usar a maioria daquelas joias. Quero vender algumas. Posso também vender a casa que Celina me deixou e vou vendê-la. Também quero uma quantia de dinheiro todo mês.

Sol A falou a quantia, não esperou o pai falar e saiu. No outro dia, pegou o dinheiro com o pai, a quantia que estipulou, e depositou na conta de Rosário.

Na terça-feira à tarde, foi de novo de táxi encontrar a irmã, abraçaram-se e planejaram:

— Sol, você deve dizer que seu pai biológico apareceu, quer lhe ajudar, mas não quer se envolver ou aparecer. Assim, terá dinheiro para estudar, contratar uma pessoa para ajudar sua avó, comprar roupas e viver melhor. Quando receber pelas vendas que farei, darei mais dinheiro e você decidirá o que fazer com ele. Sei que ama sua avó, eu também a amo e pode dar mais conforto a ela.

— Obrigada, Sol! Muito obrigada!

— A sensação que tenho é de que eu faço para mim! — exclamou Sol A.

— E eu sinto como se eu estivesse fazendo! — expressou Sol N.

Combinaram de se encontrar de quinze em quinze dias, cada vez num local, e Sol A usaria a peruca loira e os óculos grandes escuros.

Sol N chamou a mãe para ir à casa da avó para conversar. Reuniram-se as três, e a mocinha contou o que acontecera.

— Adolfo? Depois de tanto tempo? Uma irmã parecida com você? — Nina se surpreendeu.

— "Parecida" não, mamãe, somos idênticas.

— Dona Joca disse a ele que meu filho morreu e por isso ele foi embora? Meu Deus!

— Mamãe, tudo isso já passou. Ele tem a vida dele e nós a nossa. Sanderson me registrou. Tudo deve continuar assim. Vou aceitar a ajuda. Quero estudar! Não devemos satisfação para as pessoas. Porém todos sabem por aqui da sua história, podemos dizer que meu pai biológico me encontrou e está me ajudando a estudar.

— Eu não sei o que pensar — disse Rosário —, porém não é ele que está ajudando, é sua irmã. Não é coincidência vocês duas se chamarem Solange?

— Sim, é — confirmou Sol.

— Eu havia escolhido seu nome e não disse ao Adolfo — lembrou Nina. — Fui muito imprudente naquela época. Se dona Joca, a parteira, disse a ele que meu filho, que a criança que esperava nascera morta, ele me deixou dinheiro e foi embora... É difícil mexer no passado e não se queimar, sofrer de novo. Se sua irmã quer, pode ajudá-la, e você sempre sonhou em estudar, deve aceitar. Que isso seja segredo nosso, de nós três, e quanto menos se falar sobre isso, melhor.

O assuntou se encerrou. Sol N foi ao banco com a avó, alegraram-se por ver que Sol A depositara muito dinheiro, era muito para elas. E se organizaram: contrataram uma senhora para ajudar Rosário nas tarefas de casa; Sol N avisou que não ia mais trabalhar de babá; matriculou-se na escola de idiomas no curso intensivo, aprenderia espanhol e inglês; teria aulas particulares de matérias do ensino médio; e comprou umas roupas para ela.

Nos dias marcados, ia ao encontro; as duas irmãs, ao se verem, abraçavam-se contentes e conversavam muito; se surpreenderam, gostavam das mesmas músicas, tinham até as mesmas cores preferidas, apreciavam as mesmas comidas, tinham de fato gostos parecidos.

Sol A passou a pegar com o pai o dinheiro que estipulou e depositava para a irmã, também o fez com a venda das joias e da casa que Celina lhe deixara. Sol N comentou com a irmã que era muito dinheiro, que ela não precisava de tanto assim. Sol A explicou que aquele dinheiro era extra, que daria somente uma quantia por mês, que vendera o que conseguira, porque não podia ainda tomar posse de sua herança. Sol N então reformou a casa da avó, comprou eletrodomésticos novos e fez a avó ir em médicos e tomar os remédios recomendados. Com o dinheiro restante, Rosário fez uma poupança.

Numa terça-feira, Rosário seguiu a neta, queria conhecer a outra Solange. Aproximou-se das duas, que, sentadas, conversavam animadas.

— Vó! — exclamaram as duas ao vê-la.

Rosário sentou-se no meio das duas. Olhou observando.

— Vocês são de fato parecidas. Quero agradecê-la, Sol, você está fazendo minha neta feliz. Obrigada!

— Que bom conhecê-la — expressou Sol A. — Sentia falta de uma avó, que era a senhora.

Riram, conversaram mais um pouco e se separaram. Sol A voltou de táxi para a cidade em que morava, e Sol N e a avó foram para casa.

As duas fizeram aniversário, completaram dezessete anos. Sol A, como sempre, fez uma festa para os amigos. Sol N nunca fizera uma festa de aniversário; naquele, por ter dinheiro, foram domingo num restaurante, para ela chique, comemorar.

Foram a avó, a mãe, o padrasto e os irmãos. Passaram ambas os aniversários alegres.

Quando Rosário falou para Nina que as duas irmãs eram de fato parecidíssimas, Nina se inquietou, começou a se lembrar e a analisar os acontecimentos ocorridos naquela época.

"Eu", pensou Nina, "tive mais dois filhos e não fiquei como na gravidez de Solange. Minha barriga estava enorme, e ela nasceu pequenina. Sei que cada gravidez é diferente. Desmaiei e, quando acordei, dona Joca pedia para fazer força, estava sonolenta. Teria ela me dado algo a mais no chá? Será? Para serem tão parecidas, será que são gêmeas? Minhas filhas? Lembro que escutei que o filho da esposa de Adolfo não nascera. Será? Será que as duas são minhas filhas?".

Esses pensamentos se tornaram constantes. Nina se inquietou e resolveu que queria saber. Resolveu ir procurar dona Joca. Sanderson fazia tudo o que a esposa queria, os dois se davam bem, e ele sempre a amou. Nina disse ao marido que queria rever a antiga parteira, e ele decidiu levá-la. Deixou os filhos com a empregada, saíram de madrugada, foram de carro, pararam pouco. A viagem foi longa e cansativa. Quando Nina viu a casinha da parteira, pediu para o marido parar na estrada e foi caminhando. Na porta gritou:

— Dona Joca! Dona Joca!

"O que espero?", pensou Nina. "O que espero encontrar? Será que ela está viva?"

Uma mulher apareceu na porta. Nina entrou, quase que a empurrou. Não queria que Sanderson, do carro, visse o que ia ocorrer.

— Dona Joca, lembra de mim? — Nina perguntou.

Joca se sentou e a olhou; de repente a reconheceu e se assustou.

— Sim, sou a Nina! Aquela moça que ficou aqui e teve o nenê. Uma menina! Vim aqui para saber o que aconteceu. A senhora disse para Adolfo que meu filho morreu? O que aconteceu?

— Não me lembro! — Joca se esforçou para falar.

— Lembra! Lembra, sim! O que houve? Tive duas crianças? Fale!

— Isso me atormenta até hoje. Não esperava revê-la. Cada um ficou com uma criança.

— Tive duas? Tive? — insistiu Nina.

— Sim — Joca balbuciou.

Nina deu um tapa no rosto de Joca com toda sua força; se a senhora não estivesse sentada, teria caído.

— Demônio! — disse Nina se esforçando para não gritar. — Demônio! É isso que é!

— Ele me falou que você não queria a criança, que você era a irmã dele, ele levou uma, somente vi depois que eram duas. Gêmeas!

— Ele lhe deu dinheiro? — Nina quis saber.

— Sim!

— Sabe por que eu não a mato? Para não me tornar uma assassina!

— Perdoe-me! — rogou Joca.

— Nunca! Ouviu bem? Nunca! Que a senhora morra com esse pecado.

Saiu, ia bater a porta, mas Sanderson a olhava lá do carro. Caminhou, entrou no veículo e disse:

— A dona Joca que queria ver já faleceu, e há anos. Vamos embora.

Retornaram. Nina, na viagem, conversou pouco. O marido pensou que Nina queria rever a parteira e, como ela falecera, se chateara. Sanderson sabia que o pai biológico de Solange a encontrara e estava ajudando financeiramente para que estudasse.

Nina resolveu não falar a ninguém o que descobrira, precisava pensar muito e, quando falasse, seria para as duas.

Joca se assustou, e muito, quando reconheceu Nina. Sentiu-se aliviada por ter contado, esse fato realmente a atormentava. Porém se entristeceu por ela não a ter perdoado. Mas o que lhe coube fazer, fez, pediu perdão. De fato, seu pedido fora sincero, sabia que fizera algo errado e, se pudesse voltar no tempo, não faria de novo.

Joca continuou, como sempre, nesses anos, ajudando a todos e concluiu, pelo seu ato, que ninguém é tão bom que não tenha errado ou tão mau que não tenha feito atos bons. E que o importante é tentar, se esforçar para se tornar uma boa pessoa.

"O que será que aconteceu?", pensou Joca. "Nina descobriu a outra filha? Que Deus as abençoe e que estejam todos bem."

Embora chateada, resolveu esquecer aquele episódio e continuar com sua forma de vida, ajudando todos os que a procuravam.

# CAPÍTULO 10
## A revelação

Nina passou dias pensando no que deveria fazer. Esforçou-se para não parecer preocupada e fez tudo como costumava. Queria que, quando tomasse uma decisão, fosse a certa.

Sol N, contente, estudava muito, fez até um curso de boas maneiras, dedicava-se aos estudos e raramente saía para passear. Era uma das primeiras alunas de sua classe, as aulas particulares a estavam ajudando muito e, embora puxado, acompanhava o curso intensivo de idiomas.

Sol A continuava como sempre: estudava, saía com as amigas e, em casa, às vezes, se desentendia com os irmãos, para ela nada sério. Algumas amigas dela haviam ido consultar uma senhora que lia a sorte, ela cobrava, comentaram muito, e ela, curiosa, quis ir. Com duas amigas que já tinham ido, Sol A foi. Na casa dessa senhora, ela olhou tudo, a mulher estava sentada em frente a uma mesa, que tinha um baralho. Recebeu o pagamento e pediu para Sol A se sentar.

— Tudo bem com você, garota! Você teve conhecimento de um segredo recentemente e gostou.

A senhora mexeu novamente o baralho.

"Ela acertou", pensou Sol A. "Conhecimento de um segredo: uma irmã, que gostei."

— Têm muitos garotos querendo namorar você, mas não quer.

"Acertou de novo", pensou Sol A.

— Tem um recado para você. Preste atenção! É de uma senhora boníssima, linda, que está dizendo: *"Você é minha filha, sempre será. Amo-a! Não esqueça: é minha filha! Aja sempre assim. Fatos mudam, mas o sentimento não. Faça o que tem de fazer. Amo-a! Beijos!"*.

Sol A se emocionou, entendeu o recado, era de sua mãe, Amélia. Sentiu sua presença.

— Agora — disse a senhora —, vamos ver o futuro.

Mexeu nas cartas de novo. Sol A entendeu que a senhora lhe dera o recado sem prestar muita atenção no que dissera. Com certeza sua mãe Amélia usara da mediunidade para lhe dar o recado.

— Não precisa, senhora. Agradeço! Já está bom o que falou. Podemos parar — decidiu a mocinha.

Levantou-se e foi saindo, as duas amigas foram atrás.

— Por que parou, Sol? — quiseram as duas amigas saber. — Agora que ela ia falar do futuro. Não acreditou?

— Achei melhor parar. Tudo bem.

Foram embora, mas, quando ela ficou sozinha, pôs-se a pensar no recado:

"Mamãe Amélia quis me dar um recado, afirmar que me ama, que sou filha dela. Sempre amei mamãe Amélia, sempre vou amar. Pediu para eu fazer o que tem de ser feito. Penso que é para continuar ajudando minha irmã. Papai não a reconhece, mas eu, sim, sinto nosso parentesco. Amo você, mamãe Amélia, e amo Sol, sinto por essa irmã um sentimento que deve ser de muitas reencarnações."

Adolfo não conversou mais com a filha sobre esse assunto. Ele temia, e muito, que o resto do segredo fosse desvendado. Pensou muito e resolveu fazer o que a filha queria.

"Talvez", pensou Adolfo, "eu impedir seja pior. Realmente, o dinheiro é dela. Temo que haja abuso, mas, se ela quer dar, proibir talvez a faça investigar. O passado parece que nunca é enterrado. Essa outra moça pode não ser minha filha, penso que não é, mas é filha de Nina, como a minha Solange. São irmãs. De fato o dinheiro que Solange recebe das rendas dos imóveis é muito, e eu fiquei com ele, negociei. A fortuna dela está aí, é realmente de minha filha, mas não a renda. Se agora ela quer parte dessa renda, é melhor dar. Espero que essa euforia de ajudar a irmã, a suposta irmã, passe".

Adolfo não comentou com ninguém, nem com Danuza, esse fato, era segredo de pai e filha.

Nina, após muito pensar, falou em particular com a filha:

— Sol, você vai encontrar com sua irmã na terça-feira, não é? Traga-a à casa de sua avó, venha com ela aqui, preciso conversar com vocês duas em particular. Vou marcar um médico para sua avó no horário, assim ela sairá. Por favor, filha, é importante.

Sol N concordou e pensou que a mãe queria ver sua irmã e conferir se eram mesmo parecidas, concluiu que era por curiosidade.

Assim foi feito. Rosário saiu de casa para uma consulta, Sol N pediu para a irmã ir com ela à casa de sua avó. Foram caminhando e entraram na casa.

— Parece que conheço essa casa! — exclamou Sol A.

— Essa é minha mãe, Nina — apresentou Sol N.

— Oi — cumprimentaram-se.

— Como eu sei que temos pouco tempo — disse Nina —, vamos nos sentar e conversar. Eu ensaiei por horas o que ia falar e como fazê-lo, mas agora estou indecisa. O melhor é começar pelo começo, vou resumir: conheci Adolfo e começamos a sair. Naquela época era desajuizada, fútil, ele não mentiu, disse que era casado, eu engravidei, nunca o fizera antes; Adolfo se alegrou e disse que ia assumir o filho, que a esposa dele estava doente e que ia se separar. Ele, por motivo de negócio, ia viajar para longe, com a esposa e uma empregada, e disse que era para eu ir também. Adolfo foi de carro com as duas, e eu, de ônibus. Na fazenda, fiquei num cômodo no quintal e, para todos, eu era a irmã dele. Soube que a esposa de Adolfo estava muito doente, que não saía do quarto e que estava grávida. Perto de ter a criança, eu fui levada para a casa de uma parteira. Soube, porque em lugar pequeno se fala muito, que o filho que a esposa dele, que Amélia esperava morrera e ela também. Eu tive a Solange. Mas eu estava com uma barriga enorme e Solange nascera pequena. Desmaiei no parto, era o que pensava. No outro dia, soube que Adolfo ficara viúvo, me deixara dinheiro e fora embora. De fato, eu era irresponsável, nem o nome completo dele eu sabia. Foi, para mim, um período difícil, voltei com a nenê numa viagem longa, cansativa e de ônibus. Mamãe me aceitou, me ajudou. Eu fiz um propósito de melhorar e cumpri.

Trabalhei, casei e tive mais dois filhos. Com a semelhança de vocês duas, fui à casa dessa parteira.

Nina parou de falar. Sol A e Sol N, sentadas pertinho, seguravam as mãos e olhavam fixamente para Nina, que suspirou e completou:

— Vocês não somente são irmãs, mas gêmeas e minhas filhas.

Fez-se um silêncio na sala, em que se escutavam somente as respirações.

"Mamãe Amélia quis me alertar", lembrou Sol A. "Posso ser filha biológica dessa senhora, mas minha mãe é Amélia."

— Meu Deus! — Sol N se surpreendeu. — E agora?

"Graças a Deus, consegui falar." Nina sentiu-se aliviada.

— Senhora — pediu Sol A —, posso falar um instantinho com Sol em particular, por favor?

— Sim, claro. Vou à cozinha preparar algo para bebermos.

Nina se levantou e foi para a cozinha.

— Minha irmã — expressou Sol A —, por mais incrível que seja essa revelação, parece que eu sabia, sentia. Eu contei a você o que aquela senhora falou, o recado de mamãe Amélia. Sinto Amélia minha mãe e não essa senhora. Você entende?

— Sim, eu compreendo. O amor é sempre mais forte.

— Minha irmã — continuou Sol A a falar —, temos, nessa história, algo a ser pensado e pesado. Tudo deve ficar como foi destinado. Se esse assunto vier a ser de conhecimento de mais pessoas, para meu pai irá ser um escândalo e muitas coisas mudarão. Eu, como filha de Amélia, sou herdeira de muitos bens. Não sendo mais filha dela, não serei mais herdeira. Muitas coisas mudarão. Serei pobre como você, penso que nenhuma de nós poderá estudar. Meu pai recebeu também bens do meu avô, que multiplicou, mas ele tem outros dois filhos.

— Vamos chamar mamãe — decidiu Sol N e gritou: — Mãe, volte aqui, por favor.

Nina voltou com uma bandeja com três copos de água com açúcar, e Sol N falou:

— Mamãe, pode ser que o que a senhora descobriu seja a verdade. Porém até agora a história era diferente. Pode ser mesmo que Adolfo tenha pegado, com a ajuda dessa parteira, o filho que você esperava e que ele era o pai. E que o filho da esposa dele, Amélia, morrera. Porém eles não sabiam, nem você, que esperava dois, ficando assim uma criança para cada um. Somos parecidas e por isso acabamos por nos encontrar. Mamãe, a família de Amélia era riquíssima; quando o avô dela desencarnou, ele deixou bens para Adolfo e muitas coisas para a neta, Sol. Ela tomará posse de alguns desses bens quando fizer vinte e um anos e de outros com vinte e cinco anos. Ela tem uma grande renda, e é com esse dinheiro que está me ajudando. Você disse que não contou a ninguém o que descobriu e pedimos para não contar.

— Senhora — disse Sol A —, sinto em dizer, mas não me sinto sua filha. Sempre amei minha mãe Amélia. E assim deverá continuar. Não sei as cláusulas do testamento do meu avô, irei ler. O que sei é que, se eu morrer antes dos vinte e um anos, esses bens irão para o governo. Se eu não for a herdeira, a filha de Amélia, com certeza não terei direito a essa fortuna. Sol sempre teve dificuldades financeiras, mas eu não, com certeza sentirei se perder tudo. Como estamos, posso ajudá-las e o farei.

Nina chorou. Abraçou as duas, que estavam juntinhas, e decidiu:

— Não quero ser motivo de problemas. Esse fato será segredo de nós três. Prometo não falar. Vocês duas têm razão.

Não tem como voltar no passado. Tudo deve continuar como sempre. Eu as amo!

Beijou as duas, que retribuíram os beijos. Sol A se despediu, a irmã a acompanharia até o táxi, que a esperava.

— Mamãe — pediu Sol N —, por favor, me espere aqui.

— Posso confiar nela? — perguntou Sol A quando saíram.

— Pode, eu irei reforçar. Sabíamos que éramos irmãs, somente soubemos agora que somos gêmeas. Nada muda!

— Nada muda!

Despediram-se e Sol A foi para sua cidade. Sol N voltou para a casa de sua avó e a mãe a esperava. Ela rogou à mãe:

— Mamãe, por favor, não fale a ninguém, nem à vovó. Esse fato já ocorreu, passou. Se falar, principalmente Sol A e eu, iremos sofrer. Minha irmã, perdendo a fortuna que herdará, terá problemas e talvez não a desculpará. Ninguém se beneficiará com essa verdade; pelo contrário, somente nos dará dificuldades.

— Eu entendi e não irei falar. Sol A não me aceitou — queixou-se Nina.

— Mamãe, ela sempre amou a mãe dela, a Amélia, amor é amor. Mamãe, você sabe que eu sempre quis estudar e minha irmã está proporcionando isso. Não estrague. Penso que eu também não irei desculpá-la. Depois, se falar sobre isso, não estará ganhando nada. Fará para se vingar, sim, se vingar de Adolfo, que roubou uma das crianças. Vingança nunca dá certo. Fará ele sofrer, será julgado, talvez prejudique seus negócios, mas estará prejudicando a outros, que são inocentes.

— Eu entendi! Fui prejudicada, recebi uma ação maldosa, mas não sofri porque não sabia. Agora tudo mudou. Sol disse, e senti ser sincero, que não me ama e sim a outra mãe. Poderia fazer Adolfo sofrer porque ele seria desmoralizado, alvo de comentários maldosos, mas seriam vocês duas que sofreriam mais. Não quero isso! Não mesmo! Prometi ser boa mãe e estou cumprindo. Boa mãe é aquela que quer o bem de seus filhos acima do seu. Prometi, juro que não falarei. Tive somente você naquele parto e assunto encerrado.

Nina chorou, a filha a abraçou e a beijou.

— Mamãe, nós três não lhe bastamos? Eu e meus irmãos? Por favor!

— Sim, você tem razão. Eu esperava que sua irmã fosse ficar contente e me chamar de "mãe". Mas não é assim. Entendo, ela sempre teve outra mãe que, embora ausente fisicamente, porque desencarnou, é a mãe dela. Depois, há muitas coisas em jogo, a fortuna, e não é justo que vá para o governo. Novamente, eu lhe prometo que nunca falarei disso a ninguém.

— Obrigada, mamãe! Eu confio!

Nina fez de fato um propósito, prometeu a si mesma não falar a ninguém o que descobrira. Sol N compreendeu que a mãe não iria falar. Para ela, não foi surpresa; sentira, desde que vira a irmã, que eram unidas. Agora estava explicado o fato de as duas sentirem o que a outra sentia.

Sol A foi embora pensando no ocorrido. Tinha de confiar que Nina não falaria a ninguém o que descobrira. Seu pai com certeza tinha motivos para ter feito o que fez. Esperaria uns dias para conversar com ele, queria ouvir a versão dele e saber o que de fato ocorrera. Ela não sabia o que aconteceria se esse fato fosse de conhecimento de muitas pessoas. Se ela não era filha de Amélia, com certeza não era a herdeira da família.

Dois dias se passaram e Sol A foi à imobiliária conversar com o pai. Adolfo, ao vê-la no local de seu trabalho, ficava apreensivo. A filha foi direto ao assunto:

— Papai, quero saber de tudo que aconteceu com Amélia e de seu envolvimento com a Nina. Por favor, não minta. Nina descobriu tudo, ela nos chamou, minha outra irmã e eu, e contou que somos gêmeas.

Adolfo se sentou e abaixou a cabeça. O que guardava por tanto tempo e que pensava que nunca seria descoberto, fora. Resolveu contar tudo e começou com seu namoro com Amélia, falou da doença psíquica dela, da avó Zilá, do irmão da avó e de Olavinho. Contou que Amélia quis engravidar e, grávida, quis ir para a fazenda. Falou do envolvimento dele com Nina e da coincidência de ela também ter ficado grávida. Contou tudo e que não sabia que Nina esperava gêmeas. Adolfo chorou e completou:

— Filha, eu sempre amei e amo até hoje Amélia. Pensei mesmo nela quando Nina engravidou, ficaria com o filho de Nina, para Amélia. De fato, Amélia abortou, não contamos a ela porque estava muito doente. Peguei você e todos acreditaram, porque de fato Nina se parecia com Amélia e você se parece com Amélia. Perdoe-me, filha!

— Celina sabia disso? — Sol A quis saber.

— Sim, ela me ajudou com a mesma intenção, ajudar Amélia, porém ela desencarnou, mas fizemos seu avô Olavo ter muitas alegrias.

— O que passou, passou — determinou Sol A. — Se ama, amou Amélia, eu também amo. Ela é minha mãe e deverá continuar assim. Nina não irá falar nada. Mas tem a fortuna da família, de Amélia. Você recebeu do meu avô Olavo alguns bens, está rico, trabalhou, negociou, mas também tem ficado com os rendimentos que herdei. Sabe bem que meus gastos são mínimos diante do dinheiro que meus bens rendem. O dinheiro é meu, você o multiplicou para si; somos seus herdeiros, eu e seus dois filhos, meus irmãos. Não quero nada que é seu, já tenho o bastante, então pode deixar o que é seu para meus irmãos. Porém eu tenho mais três irmãos, minha irmã gêmea e os dois filhos de Nina. Se eu já ajudei os dois irmãos, seus filhos, é justo agora que eu ajude os outros. É o que eu irei fazer, quero que não interfira.

— Mudou alguma coisa entre nós, filha? — Adolfo perguntou.

— Não, papai, penso que não. Somente acho que agiu errado ficando com um filho de uma mulher, mesmo sendo pai. Espero que Nina o perdoe. Tudo deverá ficar como sempre esteve, e desejo que você não fale disso com ninguém, nem com Danuza. Continuarei me encontrando com a outra Sol, que estudará e seguirá seu caminho. Vamos esquecer esse assunto. Quero, papai, que amanhã você deixe para eu ver tudo o que eu receberei de herança, que será meu, o que está alugado e quanto eu recebo por mês. Quero ver tudo e também o testamento do meu avô Olavo.

— Deixarei tudo para que veja.

Despediram-se. Sol A sentiu-se aliviada e pensou em Amélia.

"Como você, mamãe Amélia, deve ter sofrido! Se a fortuna era amaldiçoada, não será mais, quero fazer o bem com ela. Começando por ajudar vó Rosário, de quem sentia falta, minha mãe biológica, meus dois irmãos e a minha geminha."

Adolfo ficou apreensivo, triste e com receio de Nina falar a outras pessoas do ocorrido; se isso ocorresse, financeiramente nada aconteceria, porque não havia outros supostos herdeiros para contestar a fortuna nem nada sobre isso no testamento de Olavo. Mas sua reputação seria abalada; ele, há anos, comprara a parte do sócio, era o único proprietário da imobiliária, que tinha fama de honesta e eficiente. Depois, com certeza, haveria muito falatório, e Danuza e seus dois filhos também sentiriam.

Não entendia muito de lei, mas sabia que talvez pudesse ser preso se Nina o denunciasse, afinal cometera um crime.

"Agora", pensou Adolfo, "é torcer, rogar para Nina não contar nada e tudo ficar como sempre".

Danuza percebeu o marido preocupado e ele disse que eram os negócios. Ele resolveu não pensar tanto nesse assunto e não sofrer antecipadamente. Esforçou-se para ficar como sempre.

Sol A estava decidida a fazer o que planejara. Retornou no outro dia à imobiliária, Adolfo deixou tudo para ela ver. Primeiro leu o testamento, e o que chamou sua atenção foi que, se ela falecesse antes dos vinte e um anos, tudo iria para o governo; os outros bens também, se falecesse antes dos vinte e cinco anos, iriam para o governo. Eram muitos imóveis e terrenos. Verificou um por um, como estavam alugados e por quanto, pegou uma calculadora e fez as contas.

Chamou o pai, fez algumas perguntas, quis saber a porcentagem cobrada pela imobiliária para administrar esses bens. Refez as contas e colocou seus gastos com a escola, festas, roupas etc., chegando a um resultado.

— Papai, quero essa quantia por mês.

— Filha, não é muito para dar a eles? — perguntou Adolfo.

— Papai, não quero sua interferência nem saber o que pensa. Por favor, não se intrometa. Penso que já o ajudei demais e isso inclui meus dois irmãos de sua parte. Quero ajudar os outros. Mas, respondendo sua pergunta, não irei doar isso tudo, vou guardar uma parte no banco.

Adolfo não falou mais nada e combinou de ele dar a quantia que a filha estipulou para ela.

Sol A, no encontro seguinte com a irmã, disse o que pretendia fazer:

— Quero, Sol, que você faça um bom plano de saúde para todos: para Nina, seu padrasto, seus irmãos, para vó Rosário e para você. Quero que nossos dois irmãos estudem numa escola particular e que façam cursos de idiomas.

— Você tem certeza, irmã? — Sol N estava indecisa.

Sol A contou tudo a ela sobre o testamento, os bens que recebia, o tanto que recebia por mês e terminou:

— Quero ajudá-los! E assim será!

E foi feito: os dois filhos de Nina foram estudar numa escola particular, matricularam-se numa escola de idiomas e Sol N fez os planos de saúde para todos. O dinheiro era depositado numa conta de Rosário, que abriu uma poupança e guardava o excedente.

As duas Solanges estavam tranquilas. Nina pensou que acertou em ficar calada. Ela gostou de receber os benefícios que a outra filha estava dando. Ela somente falou para Sanderson que o pai biológico de Sol estava dando para ela uma mesada e, com esse dinheiro, ela estava ajudando todos eles. Sanderson acreditou, todos acreditaram: Antônia, a outra filha de Rosário, os vizinhos e os outros familiares. Rosário ajudava a outra filha e Sol concordava, ela era sua madrinha e sempre a ajudou. Rosário estava contente e isso, para as duas gêmeas, era importante.

Tudo parecia estar certo, sob controle. Em casa, Sol A continuou como sempre e estava, como antes, tendo atritos com os irmãos, mas os amava.

Realmente passaram dias tranquilos.

# CAPÍTULO 11
## O acidente

— Vamos, Sol! Vamos, irmã! — insistiu Sol A. — Você não conhece o mar, não viajou para lugar nenhum. Vamos à praia, será por poucos dias.

— Conheço o mar através de você. — Sol N riu. — Sentia entrar na água, as ondas batendo no corpo, no rosto, o sol quente, e você se deliciando.

— Não é a mesma coisa — concluiu Sol A. — Você conhecer será outra coisa. O mar é maravilhoso!

— Estamos quase no final do ano, tenho estudado muito; de fato, estou cansada, precisando descansar, mas... — Sol N estava indecisa.

— O feriado de novembro cai na quinta-feira, as escolas emendarão com a sexta-feira, nem perderá aula.

— Sei que terei de fazer um cursinho para entrar numa universidade, decidi fazer psicologia — contou Sol N.

— Mais um motivo para tirar esses quatro dias e conhecer o mar — opinou Sol A. — Eu amo o mar! Você decidiu o que quer fazer, estudar. Eu não, por isso farei também um cursinho, no ano que vem espero estudar mais e decidir o que estudar. Tenho ido a muitas festas. Desde a primeira série estudei na mesma escola, tenho muitos amigos que estudaram comigo por anos e estamos nos despedindo com festas e viagens, por sabermos que iremos nos separar. Noventa por cento dos alunos vão continuar estudando, alguns passarão em diversas universidades, outros farão o cursinho. Então, irmãzinha, posso marcar nossa viagem?

— Repita como iremos — pediu Sol N.

— Na quarta-feira à tarde você vai de ônibus à cidade em que moro, não esqueça de colocar a peruca e os óculos escuros; eu e Rogério a pegaremos na rodoviária e, no carro dele, iremos para o litoral. Lá, ficaremos na casa dos pais de Rogério; no domingo, após o almoço, voltaremos para a cidade em que moro e você pega o ônibus para sua cidade, ou então dorme numa pensão e vem, no outro dia, com Rogério, que estuda na cidade em que mora. Vamos passar uns dias muito agradáveis.

Sol N resolveu atender a irmã e ir com ela; de fato, era seu sonho conhecer o mar.

Como sempre, quando estavam juntas, conversavam muito e riam. As duas já não sentiam, como antes, os lances que aconteciam com a outra. Entenderam que era porque estavam se vendo e conversando. Sol N estava muito concentrada nos estudos, queria aproveitar a oportunidade que a irmã estava lhe proporcionando. Sol A também estudava, mas estava saindo muito, indo a festas e se distraindo, somente de vez em quando sentia a irmã estudando, e Sol N raramente sentia o que a irmã estava fazendo.

Combinaram o que levariam na viagem.

Sol A disse em casa que ia passar o feriado na casa de praia da família de Rogério, as famílias eram amigas. Foi Danuza quem quis saber mais da viagem e a mocinha falou que ia com amigos na quarta-feira e voltaria no domingo à tarde. Estava eufórica por viajar com a irmã e para ela conhecer o mar: Sol A gostava demais de praias, da energia benéfica do mar.

Sol N falou para a avó e para a mãe que ia viajar com a irmã, conhecer o mar, disse quando e como ia e quando voltaria. Entusiasmada, comprou o que a irmã recomendara. Ela iria viajar de peruca loira e óculos escuros.

Na quarta-feira, Sol N também estava eufórica, organizou tudo, foi para a rodoviária, pegou o ônibus e, chegando, viu a irmã e Rogério esperando-a. Rogério não contou a ninguém que vira uma pessoa parecida com sua amiga; interessado em Sol A, não queria fazer nada que a desagradasse e acreditou que elas serem parecidas era somente coincidência.

Alegres, conversando muito, eles entraram no carro de Rogério e a viagem começou; em certos trechos havia muito trânsito, porque um local da rodovia estava com uma pista impedida; depois, embora com um pouco mais de movimento, estava fluindo bem. Calcularam que a viagem seria de cinco horas.

Ligaram o rádio e cantaram.

— Essa peruca está me incomodando — queixou-se Sol N.

Sol A estava sentada à frente no carro e a irmã no banco de trás.

— Tire e também os óculos, estamos de noite — recomendou Sol A.

— Agora que eu confundo mesmo quem é quem — riu Rogério.

As duas estavam com roupas parecidas, calças jeans e camisetas. Pararam num posto, lancharam e seguiram viagem.

— Não sei quem é uma e quem é a outra — queixou-se Rogério.

— Eu sou a outra! — expressou Sol A rindo.

— Não! Eu quem sou a outra! — afirmou Sol N.

— Uma é uma, a outra é a outra! Que confusão! Não prestei atenção em suas roupas.

As duas riram.

A rodovia, no trecho que percorriam, tinha muitas curvas. Rogério passou a correr.

— Rogério, você não está indo muito depressa? — perguntou Sol N.

— Ro, por favor, não corra assim — pediu Sol A.

— Que nada! Não estou correndo. A estrada neste trecho está fluindo; indo mais rápido, chegaremos antes. Sou bom motorista.

— Sei que é, Ro, mas não corra assim, por favor — pediu Sol A.

Rogério riu e continuou correndo.

— Ro, pare de correr, eu exijo! Pare! — ordenou Sol A.

Rogério não a atendeu; correndo como estava, ao fazer uma curva, o carro saiu da pista, bateu numa pilastra, despencou num barranco e bateu numa árvore. A batida foi forte.

Sol N, que estava atrás no carro, passou por uma rápida confusão e se olhou, sentiu sangue escorrer abundantemente pelo rosto, viu sua perna dobrada. Não sentiu dor, quis saber da irmã:

— Sol! Sol, responda! Você se machucou?

Esforçou-se para se mover e entrou no vão do meio dos bancos da frente, colocou seu corpo pertinho da irmã e rogou:

— Sol, por favor, responda. Você está bem?

Rogério estava debruçado em cima da direção, estava desacordado e ensanguentado. Sol A também estava ensanguentada, ela se esforçou, abriu os olhos e falou com dificuldade:

— Sol, preste atenção. Troque nossas bolsas. Penso que me machuquei muito. Se eu morrer, seja você eu; se sobreviver, trocaremos depois. Seja eu, por favor!

Ela falava e sangue saía de sua boca. Sol N estava confusa e indecisa, e Sol A, esforçando-se muito, pediu:

— Faça isso e agora! Quero! Exijo!

Parou de falar e fechou os olhos. Sol N se desesperou, porém fez o que a irmã pedira, trocou as bolsas e, nesse momento, pessoas se aproximaram do veículo, eram carros que passavam e viram o acidente; elas conversaram querendo ajudar.

— Aqui, por favor! Socorra-nos! — gritou Sol N.

— Calma! — pediu um homem. — Vamos verificar se o carro está seguro aqui. Já chamamos o socorro.

Eles, o grupo de pessoas, umas dez que pararam seus veículos querendo ajudar, verificaram se o carro estava seguro e concluíram que sim, não havia perigo de ele descer mais o barranco e cair de uma altura considerável. Sol N, a única que estava desperta, orava, rogava a Deus proteção para eles e que não deixasse a irmã desencarnar. Foi um alívio, após vinte minutos, escutar a sirene do carro de bombeiros.

Os bombeiros chegaram, analisaram a situação; com cuidado, tiraram Sol N do carro e a colocaram numa maca; e, após, tiraram Rogério e Sol A. A ambulância chegou, levou os dois desacordados e, numa outra, Sol N.

No hospital, foram rapidamente atendidos. Sol N pediu para a atendente do hospital telefonar para Adolfo; tirou da bolsa, que era de Sol A, uma agenda e mostrou o número.

Foi medicada e tomou remédio para suavizar as dores. Os médicos foram cuidar dos dois que estavam pior. O hospital a que foram levados era pequeno, situado na cidade mais próxima de onde ocorreu o acidente.

Sol N foi levada para uma sala e um médico enfaixou a perna dela, suturou o corte da sua testa e outro do lado esquerdo do seu rosto. Após, foi levada novamente para um quarto.

Sol N não conseguia pensar direito. Eram três horas quando Adolfo entrou no quarto. Olhou a moça no leito, ficou parado a olhando, Sol N também o olhou. A enfermeira saiu. Adolfo puxou uma cadeira, sentou-se perto da cama. Ela se esforçou para falar e disse baixinho:

— O senhor, pelo visto, entendeu. Sol pediu para assumir o lugar dela se ela morresse; se ela ficar bem, trocaremos de novo.

Quando falou que percebeu que seu maxilar devia estar quebrado ou algo assim. Doeu terrivelmente o rosto, ela gemeu, e Adolfo falou:

— Você também é minha filha. Chame-me de "pai". Vim vê-la primeiro, vim com os pais de Rogério; pelo que soube, a outra moça está muito mal. — Adolfo chorou, esforçou-se e continuou a falar: — Vamos fazer o que ela quer. Você tem agenda? Um número para avisar a família? Irei fazer isso. Agora vou ver a outra.

Adolfo saiu do quarto e Sol N dormiu. Ele foi à UTI onde estava Sol A e a viu pelo vidro: estava com faixas, intubada e dormia, porém estava em coma. Um médico veio conversar com ele.

— Senhor, sua filha está bem, isto é, não corre risco de falecer; a perna precisa de uma cirurgia, colocar pinos, suturamos os ferimentos do rosto, ela quebrou alguns dentes e o maxilar. Essa outra moça está muito mal.

— Corre risco de morrer? — Adolfo perguntou chorando.

— Sim, provavelmente ela não aguentará.

— Poderia ser transferida para outro hospital?

— Penso que não. Afirmo ao senhor que é melhor deixá-la aqui — respondeu o médico.

O médico se afastou e Adolfo ficou olhando a filha. O pai de Rogério se aproximou e comunicou:

— Adolfo, contratei um avião para levar Rogério a um hospital na capital do estado. Ele será transferido assim que o transporte chegar. Não quer levar sua filha? E essa moça, sabe quem é? Parece que ela está muito mal.

— Leve Rogério — disse Adolfo —, essa moça não aguentará ser transferida, é uma amiga de minha filha que mora numa cidade vizinha à nossa, vou avisar à família dela porque seu estado é grave. Minha filha ficará aqui; meu amigo, que é médico, está vindo para examiná-la, depois veremos o que fazer.

— Vou pagar o hospital — avisou o pai de Rogério.

— Acerte até aqui, o farei depois com as outras despesas. Agora vou dar a notícia para a família da moça.

Adolfo telefonou, era Nina quem tinha telefone, que era extensão do telefone do bar. Contou do acidente, que os três estavam machucados e que Sol N não estava bem.

Nina se apavorou, chamou Sanderson e pediu para ele levá-la para ver a filha. Correu, foi à casa de sua mãe, avisou-a, e Rosário, assustada, quis ir junto. Combinaram ir os três. Nina acordou os filhos, fez as recomendações, colocou numa maleta algumas roupas e, quarenta minutos depois, saíram para ir à cidade, ao hospital onde estavam internados.

Eram oito horas quando o avião chegou e Rogério, muito ferido, com os pais, foi transferido para um hospital na capital do estado.

Adolfo estava inquieto, ansioso, o médico seu amigo chegou; primeiro examinou e viu todos os exames da Solange que estava na UTI e deu sua opinião:

— Adolfo, não tem mais nada a se fazer com essa moça, penso que ainda está viva porque é jovem e forte. Embora esse hospital seja pequeno, tem recursos, e ela não seria tratada diferente em outro hospital. Provavelmente, se mexerem nela, a moça vem a óbito. Para mim, está correto o tratamento. Vamos ver sua filha.

Adolfo o acompanhou, Sol N estava no quarto. O médico a examinou e opinou:

— A sutura está boa. Daqui a alguns meses poderá fazer plástica para tirar as cicatrizes. Pelas radiografias, ela fraturou o maxilar; vou colocar um apoio, faixa, depois faremos um capacete. Quebrou alguns dentes, um bom dentista a deixará como antes. Você, Solange, deve se alimentar somente de líquidos e evitar falar. Vou pedir para trazerem papel e caneta para você. Quanto à perna, necessita realmente de uma cirurgia.

— Rogério foi transferido para um hospital na capital, foi de avião — contou Adolfo.

— Essa cirurgia na perna dela não deve ser feita aqui nem precisa ser urgente. Deixemos Solange uns dias aqui, depois a transferimos para uma boa clínica ortopédica. E pode ser de ambulância.

O médico receitou mais alguns remédios e se despediu.

— Pedi — disse Adolfo — na recepção do hospital para, quando sua mãe chegar, trazê-la primeiro aqui. Não fale, vou indagá-la e você afirma ou nega com a cabeça ou com a mão. Você quer mesmo fazer o que minha outra filha pediu?

Sol N afirmou com a mão, mexer com a cabeça era dolorido.

— Tudo bem. Vamos então combinar. Sol A está muito mal. Não adianta transferi-la, mas, para Deus, nada é impossível. Fizemos a troca; se ela não desencarnar, será desfeita. Certo?

Sol N concordou.

— Sua mãe deve chegar logo. Penso que ela e sua avó devem saber, não é?

Novamente Sol N afirmou.

— Eu conto para elas e peço para aceitarem. É isso mesmo que você quer?

Com a afirmação dela, Adolfo chorou e falou:

— Não se esqueça que você também é minha filha. Mas estou sofrendo pela outra.

Entraram no quarto, Nina e Rosário, e se aproximaram da cama. Nina olhou para Adolfo, os dois se olharam, Adolfo abaixou a cabeça.

"Merecia um tapa, como dei na dona Joca", pensou Nina, "mas a situação agora é outra".

Adolfo pediu para a enfermeira sair do quarto, trancou a porta e resolveu ir direto ao assunto:

— Nina, senhora Rosário, essa é minha filha, a Sol. A outra Sol está entre a vida e a morte.

Rosário se sentou, Nina ia se desesperar, mas Adolfo falou rápido:

— Porém não é assim. A minha Sol pediu para a irmã tomar o seu lugar. As duas trocaram. Essa é a Solange de vocês.

As duas correram para perto da acamada.

— Ela não está podendo falar, feriu o rosto — informou Adolfo.

— Mãe... vó... por favor, façam isso — Sol N balbuciou com muita dificuldade.

— Senhoras — Adolfo voltou a falar —, por favor, se é isso que a Sol de vocês quer, é melhor fazer. Ela também é minha filha, como a outra é sua filha também, Nina. Lembrem-se disso. Se a minha Sol não desencarnar, não falecer, a troca será desfeita, mas, pelo que me informaram, ela está muito mal.

Sol N, ao escutar isso, chorou.

— Não! — a mocinha ferida conseguiu falar.

— Por favor, Sol — pediu Adolfo —, não se desespere. Estamos fazendo de tudo para que ela sobreviva, mas seu caso é grave.

Nina aproximou-se mais da filha e falou baixinho ao seu ouvido:
— Filha, você fez essa troca a pedido de Adolfo?
Sol N negou com a mão.
— Foi a pedido de sua irmã?
Solange afirmou.
— É o que você quer? — Nina quis saber.
A mocinha confirmou, pegou o papel, a caneta e escreveu: "A outra Sol que pediu. Aceitem, por favor."
— Sim, vamos aceitar. Não é, mamãe? — Nina indagou Rosário.
— Se a nossa Sol quer, sim, vamos aceitar. É a outra Sol que é a nossa. Vamos vê-la.

Mesmo sem ser horário de visita, as duas entraram na UTI, viram a outra Sol, oraram por ela, saíram e choraram. Foram ao jardim, uma área interna no hospital, e conversaram.

— Mamãe — concluiu Nina —, eu amo essa outra filha. Ela era a outra. Penso que a outra Sol pensou na irmã e em nós. Se ela desencarnar, como sabemos, a fortuna dela irá para o governo. Ela quis deixá-la para a irmã que ama muito. Vamos aceitar, jurar que não iremos falar nada. Vou avisar Sanderson, que está nos esperando na frente do hospital, que a nossa Solange está muito mal, e falar para a nossa Solange que iremos fazer o que ela quer.

— Não sei se é egoísmo — expressou Rosário —, mas está sendo muito bom receber o dinheiro da outra Sol; se ela morrer, não receberemos mais nada e a nossa Sol irá parar de estudar. Vamos, sim, fazer o que elas querem.

Entraram no hospital, viram Adolfo, aproximaram-se, Nina sentiu vontade de lhe dizer o tanto que ele agira errado, que ele merecia ir para a cadeia, mas naquele momento todos estavam sofrendo. A Solange que estava para desencarnar era também sua filha, a outra.

— Adolfo — informou Rosário —, Nina e eu decidimos que vamos fazer a vontade das duas, será o nosso segredo.

Ele concordou com a cabeça. As duas voltaram ao quarto da Sol N. Nina afirmou:

— Sua avó e eu prometemos não falar nada. Esse será o nosso segredo. Concordamos com o plano de vocês duas. Vimos a outra Sol, de fato ela está muito mal. Esperamos que ela se recupere e que a troca seja desfeita, porém, se ela morrer, desencarnar, será a Sol N quem o terá feito.

Sol N escreveu no papel:

"Enterre-a aqui mesmo, no cemitério desta cidade; vimos da estrada, está numa colina de onde se pode ver o mar, que ela tanto amava, e tem muito sol. Aceite o dinheiro de Adolfo e que ele pague tudo."

Elas leram e, após, picaram bem o papel e o jogaram no lixo.

— Vamos ficar num hotel, vou telefonar para Antônia, contar que sofreram um acidente e que minha filha Solange está muito mal.

Elas saíram e disseram voltar após o almoço. Sol N quis ver a irmã, escreveu no papel, pedindo à enfermeira para ver a amiga. A enfermeira a colocou numa maca e a levou. Sol N foi colocada pertinho do leito da Sol A.

— Fique bem, irmãzinha — rogou baixinho. — Fique! Eu a amo!

Esforçou-se para não chorar. Sol A não teve nenhuma reação. Ela se machucara muito internamente. As duas, naquele momento, não estavam parecidas. Sol N, com faixas no rosto e com ele inchado pelos cortes; e Sol A também com ferimentos. Parecidos estavam somente os cabelos. Sol N voltou para o seu quarto, chorou sentida e rogou, orando pela vida da irmã.

Logo após o almoço, a mãe, a avó e Sanderson entraram no quarto e Nina disse:

— Viemos somente vê-la, está no horário de visita da UTI e vamos ver Solange.

Saíram logo e viram Sol A; terminando o horário de visitas, saíram. Às duas horas da tarde, Sol A desencarnou; para todos foi Sol N. Adolfo se aproximou dos três, Rosário, Nina e Sanderson, e indagou o que eles queriam fazer. Foi Rosário quem respondeu:

— Não temos túmulo de família e será difícil levá-la para a cidade em que residimos. Penso que ela queria ser enterrada aqui. Que seu corpo físico fique no cemitério desta cidade, que fica numa bonita colina, de onde se vê o mar e tem sol.

— É isso que querem? — Adolfo quis ter certeza.

— Sim — respondeu Nina.

Adolfo, por ele, a levaria para ser enterrada no túmulo da família, mas fora para todos a outra Sol quem morrera. Seria difícil explicar uma desconhecida ser enterrada no túmulo da família.

— Vou então organizar tudo — decidiu Adolfo.

Ele foi à capelinha do hospital e lá chorou sentido. Estava sofrendo. Depois foi tomar as providências, faria como Nina queria. Na funerária, comprou o melhor caixão; na floricultura, flores; e foi ao cemitério, onde comprou um local para ela ser enterrada e no qual depois faria um túmulo.

Nina avisou Antônia, contou que Solange havia desencarnado, que a mãe e ela resolveram enterrá-la ali e que voltariam no outro dia.

O hospital liberou o corpo à noitinha e ela foi velada na capelinha do hospital. Adolfo pediu para ficar um pouco sozinho com ela. Chorou, orou e pediu perdão; depois os quatro a velaram até as doze horas e foram descansar. Pela manhã, às oito horas, levaram o corpo para o cemitério e a enterraram. Às duas voltaram para o hospital, para se despedirem da amiga da filha.

Ficaram as três no quarto. Sol N agora era a outra, seria somente Sol, e escreveu:

"Darei notícias, escrevo para vocês, porque não sei quando irei poder falar no telefone; escrevam para mim no endereço da imobiliária, vocês o façam para Adolfo e, no remetente, inventem um nome. Quero saber de vocês."

— Filha — disse Nina —, penso que é um absurdo o que estamos fazendo. Porém, pelo médico que atendeu você, deverá fazer plásticas, uma cirurgia delicada na perna, um tratamento muito caro nos dentes, terá de ter cuidados especiais que somente, infelizmente, se conseguem com dinheiro, dinheiro esse de sua irmã, que deixou para você. Tem certeza de que está agindo certo?

Sol escreveu:

"Sim, tenho certeza. Minha irmã me pediu isso. Não se preocupem comigo, tudo dará certo."

Despediram-se; as duas, com cuidado, lhe beijaram a testa, onde não estava machucada, e foram embora. Quando chegaram, contaram a todos o que ocorrera, que Sol falecera e que a enterraram lá, na cidade em que foi socorrida. As duas, Rosário e Nina, estavam sofridas e preocupadas com Solange, ainda não sabiam se o que fizeram estava ou não certo. Receberam os pêsames, carinho dos parentes, amigos e dos colegas e amigos de Solange.

Adolfo, após ver as duas, Rosário e Nina, saírem do quarto de Sol, entrou e lhe recomendou:

— Você não pode esquecer de me chamar de "pai". Estou sofrendo muito, amava demais Sol, porém você é também minha filha e nós com certeza iremos nos amar. Preciso ir, voltar à cidade em que moro. Contratei uma enfermeira que trabalha no hospital, que está de férias, para ficar com você nestes dois ou três dias, é o tempo para planejar tudo. Vou organizar meus afazeres e, junto daquele médico meu amigo, escolher uma clínica ortopédica para levá-la e fazer a cirurgia necessária em sua perna. Tudo bem?

Sol balançou a mão afirmando que sim.

Solange pegou o papel e escreveu:

"Faça o depósito como sempre. Eu agora farei as minhas despesas."

Adolfo leu, rasgou o papel e expressou com carinho:

— Fique bem!

Adolfo saiu do quarto e uma moça entrou, se apresentou, era ela quem ficaria lhe fazendo companhia.

Sol chorou, sentiu medo da mudança que ocorreria em sua vida e da falta que a irmã lhe faria.

"Sol", rogou, "minha outra Sol, geminha querida, fique bem, por favor".

# CAPÍTULO 12
## Desafios

Rosário e Nina estavam realmente sofrendo, entristecidas com a desencarnação da outra Sol e preocupadas com a Solange delas. Não estava nada fácil ficar sem a presença da mocinha. Foi Rosário quem foi à escola de idiomas, pagou o que era devido e foi à escola contar o ocorrido, embora todos já soubessem e sentissem o falecimento da colega. Mãe e filha, Rosário e Nina, resolveram deixar tudo o que fora de Sol no quarto que ela ocupava, pensando que talvez ela retornasse. Rosário deixou tudo no devido lugar e trancou o quarto.

Rosário recebeu o dinheiro que foi depositado, e a mesma quantia. Conversou com Nina:

— Filha, a quantia é a mesma, porém não temos mais o que Solange gastava. Faremos a nossa despesa, pagando os planos de saúde, as escolas dos meninos, a empregada, e guardarei o restante na poupança. Diremos que o pai de Solange continuará nos ajudando.

Não se importaram com alguns comentários. Sanderson estranhou e Nina explicou:

— Penso, Sanderson, que o pai de Solange, que é muito rico, tenha ficado com a consciência pesada, sentindo-se culpado por ter me abandonado com ela recém-nascida. Agora quer nos ajudar. Talvez ele tenha percebido o mal que me fez. Se ele quer dar, não vejo por que não aceitar. Depois, ele dá para minha mãe, deposita para ela.

Tiveram algumas discussões, mas Nina venceu e continuou recebendo, aceitando a ajuda.

Sol, agora sem a outra, passou a ser Solange, a Sol; ficou no hospital, estava sendo muito bem cuidada, mas sentia dores, tanto físicas como na alma, estava sofrendo muito pelo desencarne da irmã, de sua geminha.

Adolfo retornou para casa e pensou em tudo o que ocorrera. "Minha filha desencarnou, sinto uma dor enorme, e pior que eu nem tenho ou terei o conforto de ser consolado. Minha Solange era a bondade em pessoa, pensou na irmã. O testamento do senhor Olavo é claro, tenho a cópia, o original está no cartório: se ela morresse antes dos vinte e um anos, tudo iria para o governo. Talvez o senhor Olavo tivesse medo ou não confiasse tanto em mim, teve receio de eu matá-la para ficar com a herança. Nunca faria isso. Porém não posso esquecer que o senhor Olavo conviveu com familiares doentes mentais. Minha Sol desencarnou. Eu sentiria financeiramente? Sim, mas com certeza continuaria a viver bem com o que tenho. A imobiliária administra esses imóveis e recebo por isso, Sol tinha razão, eu ficava com os rendimentos dela, e com isso aumentei meu capital, do qual seriam herdeiros ela e meus outros dois filhos. Ela tinha outra irmã, a gêmea, e mais dois irmãos; se ajudou os dois do meu lado, queria também ajudar os três do lado da mãe. O fato é que a fortuna de Amélia e do senhor Olavo veio indevidamente para Solange. Porém ela não tirou de ninguém, já que a família, sem herdeiros, deixaria tudo para o governo. Espero que eu consiga amar essa outra filha e que nossa convivência dê certo. Mas agora a fortuna é dela. Não posso me queixar, também estou rico. Farei o que ela quer, depositarei a quantia que ela estipulou para Rosário e farei todas as despesas, com seu tratamento, com o dinheiro dela."

Em casa, contou o que acontecera e falou para os filhos:

— Sua irmã se feriu muito, está no hospital, será transferida para outro, especializado em ortopedia.

Depois queixou-se para Danuza:

— Querida, foi muito triste a desencarnação da amiga de Solange, os pais dela e a avó optaram por enterrá-la na cidade do hospital em que estavam. Estou sentido, abalado, também porque Sol está sofrendo com muitas dores.

Danuza o consolou.

No outro dia, junto com o amigo médico, escolheu, na capital do estado, uma clínica especializada para levar a filha. Adolfo deixou tudo acertado e Solange seria transferida em dois dias.

No dia marcado, Adolfo foi para o hospital. Foi carinhoso com a filha e contou o decidido:

— Você logo mais irá ser transferida, irá de ambulância do hospital, será internada, e lá, após exames, fará a cirurgia. Eu, como vim para cá de carro, não irei com você na ambulância, mas chegaremos juntos na clínica e ficarei com você. Vou telefonar do hospital para Nina dando a notícia. Quer que eu dê algum recado?

Sol escreveu:

"Diga a Nina que estou bem e espero que todos lá estejam também."

Adolfo foi telefonar, acertou com o hospital, com a enfermeira e, assim que a ambulância chegou, Sol foi transferida e Adolfo seguiu a ambulância.

Chegaram à cidade, ao hospital, e Solange viu que o lugar era chique e bonito. Ela era esperada, foi conduzida a um apartamento. Com horário marcado, foi examinada e fez muitos exames.

— Assim que os resultados dos exames saírem, com tudo bem, marcaremos a cirurgia — afirmou o médico.

Novamente, Adolfo contratou uma enfermeira para ficar com a filha, justificou que não tinha como ficar com ela.

Ele se despediu e Sol ficou novamente com uma enfermeira, que era educada e atenciosa.

Dois dias depois, com tudo acertado, ela fez a cirurgia na perna. Tudo deu certo e, cinco dias depois, Adolfo foi buscá-la. Ele abaixou o banco do carro e a acomodaram; Sol ficou até confortável, e o pai a levou para casa. No caminho, ele contou que contratara, para ajudá-la, três enfermeiras: uma para ficar com ela durante o dia; outra, à noite; e a terceira para cobrir as folgas das duas.

— Solange tinha seu quarto, uma suíte, aos poucos você verá o que ela tinha e que agora é seu. Como não pode falar, tente imitar a letra da outra, que era mais arredondada. Não falando, penso, tenho certeza de que ninguém notará. Se alguém a achar um pouco diferente, falaremos que é por causa do trauma do acidente. Por enquanto não receberá visitas, mas elas acontecerão. Espero que tudo dê certo. Você, Solange, é herdeira de uma grande fortuna. A outra nunca ligou para isso, mas ela a deixou para você.

Sol escutava, prestando atenção. Adolfo falou como eram a casa, os irmãos, Danuza, os empregados, e repetiu os nomes para Solange gravar. Falou também dos hábitos da casa, como eram as refeições e o que Solange gostava de comer.

— Agora, com esse aparelho no rosto, tendo de se alimentar somente de líquidos, não precisa se preocupar com esse detalhe. Sol ia sempre ao mesmo dentista; com certeza não dá mais para ir nele porque ele saberá que os dentes têm tratamentos diferentes. Eu escolhi outro, um especializado, porque o tratamento que fará requer mais atenção. Ele virá logo em casa, já marquei porque você se queixou de que um dente está doendo; ele irá consultá-la e planejar o tratamento necessário. Quer saber mais de alguma coisa?

Sol escreveu: "Amigos".

— Sim, Solange tinha muitos, todos sabem o que aconteceu e como você está; tenho dito que você, por enquanto, não está recebendo visitas e, enquanto isso, se inteirará da situação. Solange tinha muitas fotos e marcava sempre os nomes. Você pode ver essas fotografias e estudar para saber quem são. Quando você se sentir apta, receberá os amigos e o fará em pequenos grupos. Eles estão envolvidos com as provas finais, com a formatura e o vestibular.

Sol ficou mais tranquila.

Chegaram; na porta estavam os dois irmãos, Danuza e uma enfermeira a esperando. Deram as boas-vindas. Danuza a beijou na testa do lado em que não estava machucada e os dois irmãos também o fizeram.

— Nossa, Solanginha, como você está machucada! — expressou Benício.

— Papai falou que logo você estará bem — disse Germânio.

— Cuidaremos de você, querida! — afirmou Danuza.

— Sol está cansada e irá se deitar — falou Adolfo.

Sentada na cadeira de rodas, Adolfo e a enfermeira a levaram para o quarto. Sol olhava tudo, porém disfarçou. Ela achou o quarto maravilhoso; depois de ir ao banheiro, deitou-se. A família rodeou o leito.

— Seja bem-vinda ao nosso lar, filhinha! — exclamou Adolfo.

— Sol, quero ajudá-la em tudo — afirmou Danuza.

— Doeu muito? — quis Benício saber.

Sol confirmou com a mão.

— Vocês — determinou Adolfo, olhando para os filhos —, prestem atenção: não quero que aborreçam sua irmã, entenderam? Se ela se queixar de vocês para mim, serão castigados: uma semana sem jogar e não terão mesada. Entenderam?

Os dois afirmaram com a cabeça. Adolfo pediu para a esposa:

— Fique atenta para que Sol seja bem tratada e que ninguém a incomode. Penso que por uns dias você pode alimentá-la aqui no quarto.

Saíram. Sol pegou um papel e escreveu, dando notícias para Rosário e Nina, fechou bem o envelope, colocou o endereço e pediu para a enfermeira levar para o pai.

Solange escreveu contando da cirurgia, que estava sentindo somente o desconforto de estar imobilizada, que estava na casa do pai, como era e que tudo estava bem. Escreveu isso para não as preocupar; estava sentindo dores nas costas, na perna, no rosto e em um dente. Mesmo tomando remédios para amenizar as dores, as estava sentindo.

Tentou ficar bem. Preferiu se alimentar no quarto, as enfermeiras a ajudavam em tudo. O pai ia vê-la pela manhã, na hora do almoço e à noite. Danuza ia muitas vezes, perguntava o que queria comer, tomar, vestir etc. Os dois irmãos iam à tarde, após a escola, e à noite, com o pai.

Sol pediu para a enfermeira abrir os armários para ver o que tinha dentro, espantou-se com tantas roupas e muitas de festa. Escolheu, para usar, as simples e fáceis de vestir. Abriu todas as gavetas, viu tudo e depois olhou as fotos, tentou decorar os nomes das amigas.

O dentista que o pai contratou veio consultá-la, ele trouxe alguns aparelhos, e sua ajudante veio junto. Sol abriu a boca o tanto que conseguiu, ele a examinou e concluiu:

— Foi correto eles terem colocado esse cimento na sua gengiva para proteger alguns dentes, mas ele tem de ser trocado, vou removê-lo e colocar outro. Como não está mastigando, os que estavam moles já estão se firmando. Teremos de fazer um tratamento e, acredite, ficará perfeito. Esse dente de que se queixou, que está doendo, é porque o nervo está quase exposto, irei fazer um curativo, dará certo. Virei aqui mais algumas vezes. Logo poderá ir ao meu consultório, tiraremos radiografias e, assim que for possível, iniciaremos o tratamento.

De fato, o dente parou de doer.

"Certamente", concluiu Solange, "eu não conseguiria fazer nada disso sem o dinheiro de Solange. Com certeza iria perder mais uns dentes e, depois, como o tratamento seria muito caro, ficar com falhas ou colocar dentes que não ficariam bons como ficarão. Na minha perna, com certeza, não teriam feito o que fizeram".

Logo começou com a fisioterapia, um moço vinha duas vezes por semana para ajudá-la com os exercícios.

Adolfo trouxe uma carta para ela, eram notícias de todos, Nina escreveu o tanto que foi sentida a desencarnação de Solange e que estavam bem.

"Com certeza aquela Solange morreu para todos", pensou com tristeza.

Ela escreveu uma longa carta, contando tudo o que acontecera e o tratamento que estava fazendo.

Sol estava no seu quarto sentada numa poltrona lendo um livro, os dois irmãos entraram e jogaram um lagarto nela. Sol se assustou muito, o lagarto era de plástico, os dois riram. Ela não gostou e, pelo movimento que fizera pelo susto, a perna e o rosto doeram.

Demonstrou aos dois que não gostara e pediu que eles saíssem do quarto. Preferiu não contar para o pai.

Começou a andar de andador, primeiro pelo quarto, depois pela casa, e uma enfermeira a acompanhava. Passou a usar roupas da irmã, que estavam largas porque ela emagrecera.

"Sinto falta das minhas roupas", lamentou.

Foi ao dentista, Danuza que a levou com a enfermeira; esperaram e, após, voltaram para casa. No consultório, tirou muitas radiografias e o dentista marcou horários três vezes por semana, faria tudo devagar para não cansá-la e para que não ficasse com a boca aberta por muito tempo.

Adolfo a levou à clínica em que fizera a cirurgia para o médico a avaliar. O cirurgião ficou contente com a recuperação dela. Com andador ou na cadeira de rodas, passou a andar pela casa e fazer as refeições com a família. Danuza a agradava e os dois irmãos estavam, com certeza, fazendo suas atividades corriqueiras; estudavam no período da manhã, à tarde tinham diversas atividades, como aulas extras de idiomas, ginástica, lutas, jogos etc.

Sol se esforçava para se adaptar, não fazer nada diferente do que a outra fizesse; o aparelho foi tirado do rosto, e ela passou a fazer exercícios com uma fonoaudióloga. Tudo estava indo bem, se recuperava. Escrevia sempre dando notícias para Rosário e Nina ficarem sossegadas e de fato elas ficavam, o importante para elas era que Sol estava bem.

Foi confirmado de um grupo de amigas vir visitá-la, viriam cinco de cada vez.

Sol se arrumou bem para recebê-las. Quando chegaram, Danuza conduziu as cinco garotas ao quarto. Cumprimentaram-se contentes. Sol, imitando a letra da irmã, treinou bem para isso, escreveu estar contente por elas terem vindo e pediu para elas contarem as novidades.

Elas contaram como se sentiram pelo acidente e que gostaram de a escola ter dado o certificado do curso para ela sem que fizesse as provas finais; falaram das provas, da festa de formatura e de algumas fofocas, como: uma terminou o namoro, outra começou a namorar. Riram.

De repente, os dois irmãos entraram no quarto, gritaram e jogaram um líquido vermelho numa das mocinhas.

Sol ficou nervosa, os dois correram. Ela pediu, com um aceno, para ela ir ao banheiro se limpar e pegar uma blusa dela para pôr; se desculpou.

Sentiu vergonha pela atitude dos irmãos. Elas foram embora e Sol escreveu para o pai contando o que eles fizeram e finalizou pedindo que se cumprisse o castigo prometido.

No horário que sabia que o pai chegava, ela desceu e o esperou na sala; assim que Adolfo chegou, ela lhe deu a folha escrita; ela estava sentada numa poltrona e Danuza, na outra. Adolfo leu, ficou nervoso e gritou pelos filhos. Os dois vieram com expressões tranquilas e, ao verem o pai bravo, ficaram quietos.

— Eu avisei, pedi — expressou Adolfo — que não era para incomodar sua irmã e que, se o fizessem, seriam castigados. Fizeram. Vou pegar o videogame de vocês, trancá-lo e não terão mesada. Agora vão para seus quartos e não sairão de lá, ficarão sem o jantar.

Adolfo foi com eles pegar o videogame. Sol deu para Danuza *O Evangelho segundo o Espiritismo* com uma página marcada e pediu:

— Eduque-os enquanto consegue!

Solange marcou o capítulo vinte e oito, "Coletânea de preces espíritas", item cinquenta e três, "Prece para um nascimento". Grifou: "O encargo de lhes guiar os primeiros passos, dirigindo-os para o bem, é confiado aos pais, que responderão perante Deus pela maneira com que se desincumbirem do seu mandato". Outro grifo: "É um depósito que nos confiou e do qual teremos que prestar contas um dia". Também grifado: "Esclarecer a minha inteligência, para que eu possa discernir desde logo as tendências desse espírito, que devo preparar para a vossa paz". E o último grifo: "Fazei germinar nessa criança as boas sementes".

Danuza pegou o livro e disse:

— Irei ler depois.

Nos outros dias, outros amigos vieram; como no dia anterior, Danuza serviu lanches e o grupo conversou animado. Sol já podia falar e o fazia devagar e pouco, porém preferiu escutar mais. Foram quatro grupos.

Os dois irmãos entraram no quarto dela.

— Quero lhe pedir desculpas — disse Benício.

— Eu também — pediu Germânio.

Solange os olhou e os comparou com os outros dois, seus irmãos por parte da mãe.

"Esse dois são peraltas e talvez maldosos, era por isso que sentia Sol se desentender com eles. São diferentes dos outros, os filhos da minha mãe, que são educados, respeitadores e não dão trabalho."

Falou devagar:

— Eu os desculpo, mas não pensem que eu pedirei para o papai os livrar do castigo. Vocês merecem. Não agiram certo, nem quando me assustaram naquele dia, meu rosto doeu muito. Por que fazem isso? Não conseguem pensar que agem errado? Gostaram de saber que eu senti dor? Eu já suportei muitas coisas erradas de vocês. Espero que não façam mais gracinhas. Não irei aceitar. As coisas mudaram. Estou machucada e não quero que vocês façam nada para me chatear. Entenderam?

— Sim — falaram os dois juntos.

— Não irá pedir para o papai nos tirar do castigo? — perguntou Germânio.

— Não! Quero mesmo que fiquem de castigo. Agora saiam!

Os dois saíram e falaram com a mãe. Sol então percebeu que Danuza estava no corredor esperando pelos filhos.

— Sol está muito diferente — queixou-se Benício.

— É porque ela está ainda sentindo dores. Deixem-na em paz. Prometem? — pediu Danuza a eles.

Os três desceram a escada, e Sol pensou:

"Estou diferente porque sou a outra Sol. Ela, talvez, mesmo se chateando, suportaria as peraltices deles. Mas eu não!"

Ficou somente uma enfermeira, a de durante o dia, mais para ajudá-la a tomar banho. Ela andava de andador ou na cadeira de rodas, já falava sem dores e, pelos exercícios, cantava. Ia ao dentista e começou o tratamento de seus dentes.

Chegou o Natal, combinaram passar somente os cinco e foi agradável, todos ganharam presentes. O Ano-Novo eles iam passar, como de costume, no clube em que eram sócios. Solange optou por não ir, ficaria sozinha, e a família iria.

No outro dia, vinte e seis de dezembro, pela manhã, Sol estava tranquila sentada na poltrona do seu quarto quando sentiu que

As irmãs Sol

era abraçada e falava: *"Mamãe! Mãe Amélia!"*. Sentiu beijos na face. Depois parece que escutou: *"Celina! Querida!"*. Sentiu-se muito bem, alegre.

"Sol, minha querida geminha, você deve ter acordado e está muito contente por ver sua mãe Amélia!", concluiu Sol.

Solange chorou baixinho, sentiu a irmã bem, sem ferimentos, dor e afagada pelos carinhos da mãe Amélia e de Celina.

"Devo ficar alegre. A minha Solzinha está bem."

No dia seis de janeiro, Rogério telefonou pedindo para visitá-la, Sol aceitou e marcaram horário. Sol pensou muito:

"Rogério errou, nós duas pedimos a ele para não correr, ele continuou e aconteceu o acidente. Ele foi o culpado, porém não o fez intencionalmente, ele também ficou muito ferido. Desculpar... Necessito perdoá-lo, porém não posso esquecer que minha geminha morreu. Ele sabe que éramos parecidas, eu sei que ele corria, que não foi fechado por um caminhão como foi dito. Segredo por segredo. Ele pensa que foi a Sol amiga dele que sobreviveu. Não gosto dele. Desde a primeira vez que eu o vi, antipatizei. Rogério é mimado como meus irmãos, faz o que quer. Vamos conversar a sós. Vou lembrá-lo do acontecido; se ele me pedir perdão, vou perdoá-lo e dizer que não quero mais nada com ele, nem amizade. Ele conhecia bem a outra Sol e, se convivermos, poderá perceber a troca. Para todos, não tem motivos para ter havido uma troca. Papai me garantiu que ninguém, nem Danuza, sabe as cláusulas do testamento."

Esperou por Rogério no escritório. Ele chegou e Danuza o conduziu até ela. Rogério usava muletas para andar. Sol estava sentada numa poltrona e o convidou para sentar perto dela. Pediu, com acenos, para a madrasta sair e fechar a porta.

— Sol, como está? — perguntou Rogério.

— Melhorando, como você — respondeu a garota.

— Sei que se feriu muito. Está conseguindo falar?

— Pouco. Conte de você — pediu Solange.

— Fui acordar mesmo no hospital da capital. Fiquei internado vinte e um dias, depois continuei o tratamento em casa. Não foi fácil, não está sendo. Perdoe-me!

— Sim — disse Sol.

— Vocês trocaram de lugar no carro? — Rogério quis saber.

— Sim, quisemos brincar com você. Ro, temos segredos, não contei a ninguém que você corria nem desmenti que foi um caminhão que o fechou.

Rogério abaixou a cabeça.

— Porém — Solange falou devagarzinho e baixinho — uma amiga faleceu, desencarnou. A família sofreu, eu sofri e você também. Não vou falar nem você que a outra menina era parecida comigo. Certo?

— Adiantaria eu procurar a família da outra e me desculpar?

— Não deve fazer isso — determinou Solange. — Para todos, você não teve culpa. Com certeza eles já se conformaram, e você, indo procurá-los, só os faria relembrar. Tudo deve ficar assim. Entendeu? Exijo!

"Exijo" era algo que Sol A falava muito.

— Sim — afirmou Rogério. — Sim, eu entendi.

— Ro, não quero ter mais nada com você, nem amizade, não devemos mais nos ver.

— Desculpa, mas não esquece? — Rogério quis entender.

— Sim, é isso, Ro, não esqueço. Como esquecer se tenho dificuldades para falar? Agora, falando muito, terei de tomar um remédio para dores. Se não ando sem auxílio, tenho menos dentes, o tratamento é doloroso, estou com cicatrizes no rosto e, pior, sinto pela morte de uma pessoa?

Rogério chorou e Sol também.

As irmãs Sol

— Estamos combinados, Ro — reforçou Sol —, o segredo é nosso. Rompemos a amizade, porém ninguém precisa saber, falaremos para as outras pessoas que nos encontramos de vez em quando e que está difícil nos vermos sempre. Depois, com o tempo, ninguém perguntará mais.

— Quem inventou o caminhão foi meu pai — justificou o mocinho. — Sol, perdi o semestre na universidade, o farei novamente, demorarei mais para me formar. Soube que você recebeu seu diploma, que tinha notas para isso. Sinto por você não querer mais me ver, mas eu a entendo.

— É melhor agora você ir embora. Espero, Ro, que você se recupere — desejou Solange.

Rogério enxugou o rosto, se levantou com a ajuda das muletas e saiu do escritório. Sol escutou ele se despedir de Danuza e ir embora.

"Foi melhor assim", concluiu Sol.

Dias depois, Adolfo a levou à clínica ortopédica, e o médico que a operou lhe deu alta, não precisaria mais voltar e deveria continuar com a fisioterapia. Ela ia três vezes por semana ao dentista e o tratamento já apresentava resultado.

Consultou-se com um médico cirurgião plástico e marcou o dia para fazer a cirurgia. Fez duas plásticas para tirar as cicatrizes do rosto. Tudo deu certo, transcorreu sem problemas, não ficou internada nem sentiu dores. De fato, duas semanas depois, as cicatrizes sumiram, tinha somente um risco vermelho, que o médico garantiu que sumiria.

Solange continuou escrevendo para a avó e a mãe contando tudo o que lhe acontecia e elas respondiam; se não fosse a saudade, tudo estaria bem.

Estava no mês de março e Sol decidiu morar sozinha em outra cidade, escolhera a capital de um estado que era distante da cidade em que morava; lá faria o cursinho, voltaria para a escola de idiomas e iria estudar psicologia; se não passasse na universidade federal, estudaria numa particular que tinha fama de ser muito boa. Conversou com o pai sobre isso.

— Sol, não é melhor ficar aqui conosco? Estudar aqui?

— É o que quero — decidiu a garota.

— Tudo bem, mas prefiro você em casa.

Dois dias depois que conversara com o pai, estavam Sol, Danuza e os meninos sentados à mesa de refeições para jantar; esperavam pelo pai, que estava atrasado. Uma bandeja de pastéis foi servida. Sol já estava se alimentando de sólidos. Benício se serviu de um pastel, o fez para o irmão, para a mãe e para Sol. Eles comiam, Sol deu uma mordida no dela, e estava apimentado. Ela tirou o pedaço da boca, se sentiu sufocada, tomou água e se recompôs. Danuza estava quieta olhando e os dois garotos se seguravam para não rir. Sol pegou o pastel, o cortou no meio, colocou mais pimenta nas partes, levantou, pegou o prato, rodeou a mesa e parou no meio dos dois irmãos. Bateu com força a muleta na mesa.

— Agora comam, cada um de vocês, um pedaço! Vamos! Comam!

Bateu a muleta de novo e forte na mesa.

— Estou mandando e aviso: a próxima muletada será na cabeça de vocês e será tão forte que sangrará, irão para o hospital para serem suturados. Agora comam! Exijo!

Bateu na mesa pela terceira vez. Os dois se olharam, depois para a irmã e comeram. Benício ia pegar água, mas Sol não deixou.

— Nada de água! Comam tudo se não quiserem levar uma muletada. Andem! Não é bom? Não estão bem? Estavam se divertindo. Por que acharam que eu ia gostar? Recebemos sempre o que fazemos.

Os dois ficaram vermelhos e Danuza quieta, ela não sabia o que fazer; nisso, Adolfo entrou na sala, havia escutado Sol alterada e o barulho da muleta na mesa. Quis saber:

— O que houve?

— Esses dois pirralhos colocaram pimenta no meu pastel — contou Sol. — Eu parti o pastel ao meio, coloquei mais pimenta e os fiz comer.

Germânio ia pegar água e Sol gritou:

— Nada de água! Não iriam rir de mim? Colocaram pimenta para mim. Receberam de volta! Foi isso, papai, o que aconteceu.

— Os dois para o quarto! — ordenou Adolfo. — Agora e sem água! Já!

Os dois se levantaram, e Benício resmungou, chutou a cadeira. Adolfo aproximou-se do filho, o pegou pela camiseta e falou, autoritário:

— Já foi dito que não era mais para fazer graça com sua irmã. E não me responda assim! Irão para o quarto, não jantarão e, se quiserem água, que tomem da torneira do banheiro. Vamos! Irei trancá-los e ai de quem responder ou reclamar!

Os dois subiram rápido as escadas, Adolfo foi atrás e ele os trancou no quarto. Retornou à sala de jantar, mostrou as chaves e as colocou no bolso. Jantaram em silêncio. Danuza comeu pouco, pediu licença e saiu da sala.

— Pai Adolfo — disse Sol —, mais uma semana eu termino o tratamento dentário. Estou bem. O ocorrido de hoje é mais um motivo para eu morar sozinha, fora e longe. Esses abusos existiam, talvez nem você nem Danuza ligassem, mas eram sentidos. — Adolfo entendeu que ela se referia à outra. — Mas eu não vou tolerar, sou capaz de dar mesmo, como prometi, uma muletada neles. Pai, preste atenção, os dois têm tudo, fazem o que querem, cuidado para eles não serem como Rogério! Sabe bem que não houve caminhão, ele corria, fazia gracinha, não nos atendeu. Eduque-os! Decidido! Vou embora!

— Está bem! — concordou Adolfo.

Pai e filha se emocionaram lembrando da outra Sol e Adolfo sentiu por não ter prestado mais atenção na filha, os dois irmãos deviam aborrecê-la e nem ele nem Danuza se importavam. Decidiu, naquele momento, corrigir os filhos.

Sol foi para seu quarto, com certeza Danuza não gostou do desfecho, deve ter discutido com o marido, mas Adolfo parecia estar firme em sua decisão de cortar os excessos dos filhos e educá-los.

"Devo mesmo ficar longe e eles que se virem, a vida é deles. Estarei separada da família. Sinto mesmo ter me afastado do convívio de minha avó Rosário. Devo ser sozinha de agora em diante. Espero que todos fiquem bem, mas não quero me envolver. Sei que Benício e Germânio são meus irmãos, mas eu não sinto afeto por eles como sinto pelos outros dois."

No outro dia, Sol estava sentada num banco do jardim em frente à casa, o jardim era pequeno e sossegado, o banco estava embaixo de uma pequena árvore. De repente sentiu que voava. Foi como se tivesse saído do chão, sentiu uma brisa perfumada e muito agradável bater no rosto.

"Solange está volitando!", concluiu Sol. "Sol está aprendendo a volitar e se deliciando. Deus! Eu sou grata, muito grata, por ela estar bem. Grata a ela por ter me ajudado. Estou orgulhosa de você, irmãzinha, minha geminha amada!"

Sol N teve certeza de que a irmã estava bem e junto da mãe Amélia que tanto amava.

Adolfo e a filha foram, no final de semana, à cidade que ela escolhera para morar. Lá alugaram um apartamento perto do cursinho. Ela se matriculou e também na escola de idiomas. Compraram tudo e deixaram o apartamento equipado.

Voltaram e Sol arrumou tudo o que queria levar, levaria poucas roupas, tinha planos de comprar o que gostava de usar. Pegou agasalhos, onde moraria fazia mais frio.

No dia marcado, Adolfo e Danuza a levaram. Os dois irmãos se despediram; os dois, depois que foram obrigados a comer o pastel com pimenta, a olhavam ressabiados e sem intimidades.

Lá, Danuza arrumou uma faxineira para limpar, lavar e passar roupas para Sol, a moça viria uma vez por semana. O apartamento era pequeno e, após deixá-la acomodada, o casal se despediu.

— Sol — observou Danuza —, você tem mesmo certeza de que quer ficar aqui? O apartamento todo deve ser do tamanho de sua suíte.

— Tenho, ficarei bem! — afirmou Solange.

Sozinha, concluiu que de fato estava bem.

# CAPÍTULO 13
## No Plano Espiritual

    Sol A viu o acidente, embora tudo tenha sido rápido, ocorreu em segundos; Rogério não conseguiu fazer a curva, saiu da pista, bateu na proteção, fortemente numa grande pedra e numa árvore. Viu e, como acontece sempre, parecia não entender. Ela sentiu a batida, o sangue escorrer pelo rosto, viu Rogério desacordado e debruçado em cima da direção. Seu primeiro pensamento foi para a irmã. Sentiu-a pertinho, no vão do meio do carro a chamar por ela. Abriu os olhos e a olhou, entendeu que, embora sua geminha estivesse ferida, não era grave. Ela sentiu estar muito machucada, não conseguiu se mover, estava prensada. Veio na sua mente a cláusula do testamento do seu avô: se ela morresse... ninguém receberia nada. A sua Solzinha não iria mais estudar, não ajudaria mais ninguém. Esforçou-se muito para pedir à irmã o que queria: ficar no lugar dela. Ao ver a irmã trocar as bolsas e gritar por ajuda, sentiu como se dormisse, desmaiou. Não viu ou sentiu mais nada, o que aconteceu depois veio saber quando acordou: que ela fora levada para o hospital e que seu corpo, muito ferido, não resistiu e ela desencarnou, porém quem desencarnou para os encarnados fora Sol N.

Solange A acordou e se espreguiçou, estava se sentindo bem, se apalpou, passou as mãos pelo rosto, nada dos ferimentos. Levantou o lençol, estava com uma roupa de dormir, uma camisola, e sem nenhum arranhão. Lembrou de tudo: de ter insistido para a irmã viajar com ela, da viagem, de Rogério correr, da curva, da batida, dela ensanguentada, da irmã perto, do pedido que fez a ela.

"Bem", pensou concluindo, "*devo ter vindo para o Plano Espiritual, só pode ser isso. Feri-me muito e não tenho nem marcas. O que faço neste momento? Calma, muita calma*".

Olhou onde estava, era um quarto onde havia somente o leito dela e, em frente da cama, uma janela.

"*Levanto ou não levanto?*", Sol indagou a si mesma.

Observou melhor o quarto e viu uma campainha em cima da mesinha de cabeceira.

"*Toco ou não toco?*"

Resolveu tocar; logo a porta se abriu e uma moça risonha entrou e se aproximou do leito.

— *Bom dia, Solange! Como está se sentindo?*

— Bem? Mal? Não sei. Acho que não estou sentindo nada — respondeu Sol.

Era isso mesmo que sentia, não sabia.

— *Deve estar bem, porque parece estar. Quer alguma coisa?*

— Não sei. Novamente não sei.

— *Que tal se levantar e andar um pouquinho pelo quarto? Irei buscar algo para tomar. Aceita um suco?* — a moça perguntou gentilmente.

— Sim.

A moça pegou na mão dela e a ajudou a se levantar. Sol sentiu uma leve tonteira ao ficar de pé, andou devagar e se aproximou da janela, viu um jardim.

"*Maravilha!*", pensou. "*Devo estar mesmo desencarnada. Pergunto ou não pergunto? E se eu perguntar e ela não entender? É melhor eu dar umas indiretas.*"

— *Como você se chama?* — perguntou Sol.

— *Elisângela.*

— *Faz tempo que trabalha aqui? É enfermeira?*

— *Trabalho aqui* — respondeu Elisângela —, *nesta ala, há cinco anos. Estou aqui já faz oito anos. Gosto muito.*

— *Hum! Como se chama este hospital?* — Sol perguntou.

— *É um hospital, e esta ala se chama Bem-vindo. Gostará daqui* — respondeu Elisângela.

— *Desencarnei?* — Sol indagou baixinho.

"*Será que ela escutou? Está sendo complicado abordar esse assunto.*"

— *Posso receber visitas?* — Não esperou a moça responder e fez mais uma pergunta.

Elisângela sorriu e tentou explicar:

— *Solange, Sol, você sofreu um acidente, seu corpo físico se feriu muito e...*

— *Desencarnei ou não?* — Sol resolveu ser direta, queria, precisava saber.

— *Sim.* — Elisângela foi lacônica.

Sol ficou calada por um momento e pensou:

"*Então meu corpo morreu, morreu... Estou viva e bem. Vida pra frente!*"

— *E a outra pergunta? Receberei visitas? Há quanto tempo estou aqui? Desencarnei logo em seguida? Não lembro. Você pode me responder?*

— *Sim, posso.* — Elisângela explicou: — *Houve o acidente, você desmaiou, entrou em coma, foi levada para o hospital, foi bem tratada, mas isso foi por horas. Seu corpo físico, muito ferido, não resistiu e veio a óbito. Seu espírito veio para cá.*

— *Somente isso?* — Sol, confusa, não sabia o que perguntar.

— *Seu espírito, o perispírito, não foi ferido; assim, acordou sadia, esteve dormindo por vários dias. Quanto a visitas, sim, você as receberá. Agora irei buscar o suco para você.*

Elisângela saiu do quarto, Sol se sentou na poltrona e ficou pensando:

"*Tenho pena de mim ou não? Mas pena por quê? Estou bem. Com certeza aqui é um bom lugar. Maravilha! Mas morri! Não! Desencarnei! Agora tanto faz. Não sei o que pensar. Quando a gente não sabe o que pensar, não pensa.*"

Elisângela voltou com um suco, Sol o tomou, achou muito saboroso, sentiu sono, voltou para o leito, acomodou-se e dormiu novamente.

Nas desencarnações por acidente, os socorros diferem muito. Não existe regra geral na Espiritualidade. Quando o desencarne ocorre no local do acidente, muitas vezes, com o baque, o perispírito é desligado, o desencarnado se levanta, fica olhando, e a perturbação sentida depende de quem é a pessoa: boa ou não. Há equipes de socorristas que trabalham auxiliando acidentados. Na maioria dos casos os acidentados têm os primeiros socorros no local, mesmo não tendo merecimento são ajudados. Os que não podem, não têm merecimento de serem levados para um posto de socorro, muitas vezes acompanham o corpo físico; uns não aceitam ser auxiliados e vão ao velório, ficam vagando até que pedem ajuda a Deus,

Jesus, muitos o fazem a Nossa Senhora, e os bons espíritos os ajudam. Outros vagam por tempos, como acontece com muitos desencarnados, independentemente da forma que tiveram seus corpos físicos mortos.

Após o acidente, Sol A foi levada para o hospital e desencarnou nele. Geralmente, quando isso ocorre, socorristas, trabalhadores do hospital fazem o desligamento e levam os socorridos para o posto de socorro, normalmente acima da construção material. Lá eles são ajudados: uns ficam e aceitam o socorro oferecido; outros não, saem para vagar. Nesses postos de socorro em hospitais, os abrigados ficam por um determinado tempo, suas estadias são temporárias. Em outros casos, como ocorreu com Sol A, desencarnados que os amam vão buscá-los. No caso dessa jovenzinha, foram Amélia e Celina. Assim que o corpo físico dela parou suas funções, as duas já estavam com ela; com o auxílio de um socorrista especializado, a desligaram, isto é, tiraram seu perispírito do seu corpo carnal morto e a levaram para uma colônia. Isso ocorreu porque Sol A teve o merecimento. Jovens são mais desapegados, acostumados a mudanças, normalmente aceitam a desencarnação e se acostumam mais fácil. Sol A, por Danuza ser espírita, ia de vez em quando ao centro, tinha lido alguns livros e tinha conhecimento do que ocorria após a morte do corpo físico, ou seja, isso é realmente de muita importância, de grande auxílio para o desencarnado. Quando se retorna à Pátria Espiritual com conhecimento e merecimento, tudo é mais fácil.

Sol acordou com muita disposição, viu na mesinha um lanche. Levantou, se arrumou e comeu o lanche.

"Sei que recém-desencarnados ainda se alimentam. Quero logo parar com isso. Aprender! Quero aprender muito! Como será que a minha geminha está se saindo por lá? Sinto que ela ficou no meu lugar. Queria lhe pedir perdão, eu que insisti para que viajasse conosco. Será que Rogério desencarnou? Será? Eu, desencarnada, preocupada com os problemas dos encarnados. Papai aceitou a troca? A outra Sol é filha dele também."

Andou pelo quarto. Elisângela entrou, a cumprimentou, e depois perguntou:

— Solange, você quer receber visitas?

— Quero! Quem vem me visitar? — perguntou a recém-desencarnada.

— Você verá!

Elisângela abriu a porta e duas mulheres entraram.

— Mamãe Amélia! — gritou Solange.

Abraçaram-se e choraram emocionadas.

— Mamãe! Mamãe! — repetia Sol.

— Minha filha! Minha filha querida!

— Celina! Celina!

Sol abraçou a outra mulher. As três ficaram abraçadas, chorando emocionadas e felizes pelo encontro e reencontro.

Passada a euforia, sentaram-se as três pertinho e Sol no meio das duas.

— Você é minha mãe, não é? — perguntou Sol.

— O sentimento do amor materno é o maior que existe. Sim, sou sua mãe.

— Vamos agora ficar juntas, não é? — a mocinha quis saber.

— Sim, moramos Celina e eu numa casa muito graciosa, onde também moram outras pessoas. Viemos buscá-la porque você não precisa ficar mais no hospital. Trouxe uma troca de roupa para você. Vista-se e vamos!

Sol se trocou rápido.

— *Estou pronta!*

Agradeceram. Se despediram de Elisângela e saíram do hospital, Sol não prestou atenção em nada, estava muito contente com as duas. Chegaram à casa, as duas mostraram tudo para ela, seu quarto, o seu cantinho. Amélia explicou:

— *Todos nós que moramos aqui trabalhamos, somos úteis ao lugar que nos abriga. Pedi uns dias de licença para ficar com você, depois é a vez de Celina ficar uns dias, então estará adaptada e, estando bem, a levaremos para começar uma atividade.*

Celina se despediu. Amélia explicou como era viver ali usando o corpo perispiritual. Mostrou toda a casa, na copa havia frutas, doces, pães, sucos e caldos.

— *Eu peguei isso para você. Moramos oito pessoas na casa, aqui é mais para termos o nosso cantinho, ficamos pouco aqui e nenhum de nós se alimenta. Você, quando estudar, aprenderá e não mais se alimentará. Aqui não se come carne.*

— *Não se mata bichinho para comer* — observou Sol. — *Esses alimentos estão ótimos. Quero mesmo estudar e aprender. Mamãe, você tem notícias dos encarnados?*

— *Seu pai sentiu sua desencarnação, mas entendeu e aceitou a troca, afinal a outra é também filha dele. A Solange encarnada ficou ferida, fez cirurgia na perna que fraturou e fará outras para tirar as cicatrizes do rosto. Está na casa que você residiu e, para todos, ela é você. Nina, a mãe, e a avó Rosário concordaram. Sua geminha tem dificuldades com os irmãos por parte de pai e com certeza não aceitará as traquinagens deles. Será bom porque aqueles dois necessitam ser educados. Rogério se feriu muito, passou por cirurgias e ficou muitos dias hospitalizado, está fazendo o tratamento agora em casa, ele pretende visitar Solange, que é a sua geminha.*

— Mãe — Solange quis saber —, *você acha certo o pedido que fiz para minha irmã? Para ela ficar no meu lugar. A fortuna era sua, de sua família, eu também não deveria receber.*

— Você fez o certo — opinou Amélia. — *Para mim, para o seu avô Olavo, você era nossa. Quando aceitamos, amamos, é de fato nosso. Sempre achamos certo você ser herdeira. Se era seu, deixou para quem quis. Foi justo! Você agiu certo. A outra Sol saberá fazer coisas boas com esse dinheiro. Depois, há tantas voltas nesta vida. É um vaivém. O que foi nosso pode retornar. Ficaria triste se essa fortuna fosse para o governo e Adolfo ficasse sem esses rendimentos da porcentagem que a imobiliária cobra para administrá-la. Agora, Sol pode ajudar o outro lado da família. Isso é bom.*

Solange se adaptou rapidamente. Nos três dias em que Amélia ficou com ela, saíram muito para conhecer a colônia, que era de porte médio. Sol admirou-se pela limpeza, pela repartição da cidade espiritual e concluiu:

— *O bom aqui, mamãe, é que seus moradores são mais homogêneos, isto é: todos querem ser pessoas boas. Sair e não ter medo de assaltos, de ser atropelada, não ver brigas é muito gratificante. Amo este lugar!*

De fato, Solange estava encantada. Quando nos afinamos com um lugar, este se torna perfeito para nós. Eu, Antônio Carlos, tenho escutado: Como é possível alguém não gostar de uma colônia espiritual? Pois existe. Gostos diferem. Há quem não goste de limpeza, ordem, gentileza e de estar entre pessoas interessadas em aprender e ser úteis. Têm pessoas para quem tomar banho é castigo; para outros, ficar sem se banhar que é.

Para alguns, bar, arruaça que é bom; para outros, não é. É a lei da afinidade. Um espírito que age na maldade achará, com certeza, uma colônia espiritual muito ruim, enquanto um espírito que faz o bem não conseguiria viver numa cidade do Umbral; ele pode ir lá a trabalho, mas viver, não. Ainda têm uns desencarnados que são socorridos, acham tudo lindo na colônia ou no posto de socorro, mas amam mais o Plano Físico e querem voltar; muitas vezes saem sem permissão e voltam para perto do que gostam, para lugares ou pessoas. Porém, sem o auxílio de que ainda precisam, podem se desequilibrar e, para se alimentar, vampirizam, ou seja, pegam a energia de encarnados, prejudicando os vampirizados. Também há o perigo maior, que é ser alvo de desencarnados maldosos, que os pegam para se tornarem escravos. Porém, sempre há um "porém", eles podem pedir ajuda e normalmente os recebem novamente; então, quando retornam para um abrigo, fazem diferente. Muitos podem ser socorridos, mas não queriam ter tido seu corpo físico morto. Porém todos os corpos físicos morrem, encarnados desencarnam. É a lei.

Depois, Sol saiu com Celina e conheceu toda a colônia, assistiu a uma peça teatral e a uma apresentação de um coral. A colônia, para Solange, a Sol A, era de fato maravilhosa.

Sol quis ver como era o trabalho da mãe e o de Celina, o que as duas faziam e o porquê de elas gostarem tanto. Primeiro acompanhou a mãe, Amélia trabalhava na ala infantil, cuidava de crianças recém-desencarnadas.

— Tenho — disse Amélia — *o dom maternal muito forte, gosto de crianças. Quando desencarnam pequenos no corpo físico, entendemos que o espírito que estava vestindo aquele corpo já foi e voltou muitas vezes, isto é: encarnou e desencarnou diversas vezes. Muitos que desencarnam na fase infantil podem, aqui na Espiritualidade, retornar à sua forma anterior, muitas vezes de adultos. Outros vão crescendo até se tornarem adultos; a maioria volta a reencarnar, e outros ficam um tempo na Espiritualidade e esperam pelos pais, para ajudá-los quando estes desencarnarem. Quando eles vêm para cá, os maiorzinhos querem os pais, as mãezinhas deles, e necessitam de muito carinho e distração. Se os pais ajudam, não se desesperam, entendem e passam a motivá-los a ficar bem, tudo é mais fácil. Mas o tempo faz passar tudo, a dor suaviza, eles estudam e aí decidem sobre suas vidas.*

Sol amou o Educandário, brincou com as crianças, mas não optaria por aquele trabalho.

Foi com Celina ao trabalho dela, a amiga auxiliava num hospital onde estavam socorridos que fizeram a passagem de planos adultos. Ela entrou numa ala onde estavam mulheres e ajudou Celina, as limpando e as alimentando.

Também não queria fazer aquele trabalho.

— Celina — Sol deu sua opinião —, *se muitas pessoas vissem que adoecemos nosso perispírito com atitudes erradas, evitariam agir no erro.*

— *Sol, sempre teve, tem advertências para os encarnados, até na nossa consciência temos os conceitos do certo ou errado. Plantamos o que queremos e colhemos o que plantamos. Nossos atos, certos ou errados, estão em nós, são nossos e não temos como descartá-los. Temos, sim, e em todos, advertências, e o resultado de nossas ações acontece. Porém a bondade de Deus é infinita. Se abusam, sofrem, mas podem ser ajudados. Aqui, neste hospital, nesta ala, estão para ser auxiliados.*

— *Admiro tanto o seu trabalho como o de mamãe!*

Realmente Solange admirou o trabalho das duas.

Sol foi com Amélia aprender a volitar, gostou demais, sentiu o ar bater no rosto.

"*Minha geminha iria gostar de sair do chão e se locomover pelo ar*", deduziu.

Lá, Solange se encontrou com uma garota, Marcela, que desencarnara havia dois anos; a mocinha se queixou:

— *Tive meu corpo físico morto por uma doença que me fez sofrer por meses. Tive a graça, o merecimento de ser socorrida. Maravilha! Porém, teve um "porém", os encarnados não me ajudaram, não ajudam, e isso, além de me aborrecer, me prejudica. Estou aqui, conversando com você, querendo aprender a volitar, ou numa outra aula, ou participando de algum jogo e, de repente, sinto alguém chorar, me chamar, mamãe é quem faz mais, mas o papai também, meus irmãos, tios, avós e até um namoradinho que tive. Aí eu fico inquieta, sinto-me a coitadinha que morreu jovem, que não viveu etc. É um transtorno! Ave Maria!*

Sol comentou o que ouviu com a mãe.

— *Isso ocorre muito* — explicou Amélia. — *Jovens socorridos poderiam ficar bem se não tivessem esses transtornos, como essa garota se queixou. Por isso eles não ficam melhor como merecem. Com você, isso não ocorreu; ligado mesmo a você e que sabe o que ocorreu foi somente Adolfo; ele sentiu sua desencarnação e fez de tudo para enfrentar as dificuldades com tranquilidade. Foi, para todas as pessoas com quem conviveu, a outra Sol quem faleceu. Sendo ela, a outra, quem poderia sentir mesmo era a mãe Nina e a avó Rosário, mas elas sabem que ela está encarnada. Os amigos, os outros parentes de sua irmã, colegas de escola, sentiram, mas, como ela não desencarnou, não sente, nem você. Você é privilegiada, eu também fui e não tive esse problema. Meu pai aceitou minha mudança de plano como algo bom para mim, e foi mesmo. Celina sentiu minha falta, mas não me atrapalhou. Adolfo de fato sempre me amou, mas ele estava com muitas preocupações, também não me causou problemas. Na desencarnação de Celina, foi você que sentiu, mas quis que ela ficasse bem.*

Amélia fez uma pausa e voltou a elucidar a filha do coração, do amor:

— *O choro de saudade, por estar sofrendo pela falta, se não for constante, não incomoda. Todos nós, quando sofremos, lágrimas nos reconfortam. O que atrapalha é o desespero, o inconformismo, a revolta, junto ou não com o choro. É impossível dizer para uma pessoa que tem o filho ausente pela desencarnação que não sofra. Porém pode-se sofrer sem prejudicar o desencarnado. Marcela disse que eles falam que ela é a "coitadinha" etc. Mas Marcela não se sente assim e luta, quando escuta isso dos encarnados, para não ser, não ficar como eles dizem. Ela tem tudo para viver bem aqui, está se esforçando, conseguirá, porém esses lamentos dificultam.*

Solange se matriculou em cursos para conhecer o Plano Espiritual e ser útil. Se pensava na sua geminha, a sentia, ela sofrera com o seu desencarne, mas a queria bem, que estivesse sadia e feliz. Desejava tanto isso que a Sol desencarnada recebia como um carinho precioso. Ela sentia às vezes, ao pensar na irmã, dores na boca, na perna, medo de ser descoberta, as dificuldades para se locomover. Orava e pedia a Deus pela sua geminha.

Numa tarde, conversando as três, Sol, Amélia e Celina, a recém-desencarnada perguntou:

— *Mamãe, e o vovô Olavo, a vovó Zilá e o tio Olavinho? Como eles estão?*

— *Todos reencarnados. Minha mãe Zilá teve uma encarnação confusa, esteve muito doente, desencarnou e pôde ser ajudada, quis esquecer e teve a bênção, a graça de voltar ao*

*Plano Físico. Nesta encarnação, ela tem uma leve depressão, está estudando, eu vou vê-la quando me é possível e a incentivo. Espero que essa oportunidade, a da reencarnação, lhe seja proveitosa. Papai também reencarnou e está bem no corpo físico. Olavinho também está vestido num corpo carnal, ele está sadio e também desejo que ele aproveite essa oportunidade. Não reencarnaram perto, penso que, nesta reencarnação, eles não se encontrarão.*

*— Mamãe, eu e a outra Sol somos unidas, tanto que eu sentia o que ocorria com ela, e minha geminha também me sentia. Mesmo agora, penso que ela me sente, porque ela está tranquila em relação a mim, me sente e sabe que eu estou bem. Eu a sinto, hoje a vi brava com Benício e Germânio, a senti insegura diante das visitas, de Rogério, ela o perdoou, mas não quer mais vê-lo. Achei que ela agiu certo. Nascemos, reencarnamos como gêmeas, fomos separadas, mas continuamos unidas.*

*— Filha, é o amor que explica tudo. Você e eu, é a primeira vez que nos encontramos e nos amamos. Você pensava que eu era sua mãe biológica, e eu me sentia assim. Você é minha filha. O amor materno e filial existe forte entre nós duas. Não precisamos reencarnar muitas vezes juntas para nos amar; no nosso caso, nessa encarnação, nem estivemos juntas fisicamente, mas sim espiritualmente. Adolfo e eu, também é a primeira vez que estivemos juntos. Eu o amei, amo, e ele a mim. Adolfo me ama! Você e a outra Sol, sim, já estiveram juntas muitas vezes, aqui no Plano Espiritual e no Físico, reencarnadas. Já foram mãe e filha, filha e mãe, irmãs e, sempre que estiveram juntas, se amaram com aquele amor que Jesus nos ensinou, desinteressado, querendo o bem uma da outra. Amor assim, filha, pode ficar um tempo longe, mas não se acaba.*

*— Que bom escutar isso, mamãe! Espero que eu não tenha dado muitos problemas para minha irmã ao pedir para*

*que ficasse no meu lugar, fiz isso para ela ficar bem financeiramente. Espero que fique.*

*— Com certeza ficará —* desejou Amélia. *— A Sol encarnada irá mudar de casa, de cidade, isso será bom para ela; estudará e terá a vida dela como quer. Você ajudou muito Adolfo e seus irmãos por parte de pai, agora Sol ajudará seus outros irmãos.*

*— Vou estudar, ser útil e, enquanto estudo, vou me dedicar à botânica, quero trabalhar com plantas.*

*— Isso é maravilhoso! —* concordou Amélia. *— Estude, seja útil e se prepare.*

*— Será que dará certo? —* Solange quis ter certeza.

*— Dará! Com certeza dará! —* afirmou Amélia.

Solange desencarnada estava feliz. Gostou de estar no Plano Espiritual, aprendia rápido, fez amigos, continuou morando com Amélia e Celina. Todos os moradores da casa tinham atividades, mas se encontravam como amigos.

As duas irmãs continuavam sentindo o que de mais importante acontecia com a outra. E, quando isso ocorria, se incentivavam. Ambas queriam que a outra estivesse bem e feliz.

# CAPÍTULO 14
## Retorno

Solange N assumiu definitivamente a Solange A. Gostou de ter seu canto, seu apartamento, morar sozinha. Ela estava acostumada a ajudar a avó nas tarefas domésticas, sabia até cozinhar, se adaptou rápido. Organizou seus horários para as muitas aulas do cursinho e de idiomas. Comprou também roupas que gostava de usar, mais simples. Do dinheiro que recebia, boa parte ia para Rosário; com a outra, fazia suas despesas, e abriu uma conta no banco, uma poupança, guardaria dinheiro para comprar um apartamento. Seu tempo estava bem dividido e fazia fisioterapia duas vezes por semana. Passou a escrever para a avó e mãe com um nome inventado e elas respondiam agora para seu endereço. As duas planejaram ir visitá-la e foram, falaram que Rosário visitaria uma prima, viajaram de ônibus a noite toda e chegaram pela manhã. Sol as esperou na rodoviária, foi uma alegria abraçá-las. Ficaram sem sair do apartamento e conversaram muito, decidiram que elas a visitariam somente uma vez por ano ou por mais tempo. Foi realmente muito bom; as duas, ao revê-la, se tranquilizaram.

Sol fez dezoito anos e recebeu a visita do pai, de Danuza e dos irmãos, que vieram no sábado, hospedaram-se num hotel luxuoso, jantaram num restaurante caro e, no domingo, passearam pela cidade. Foi presenteada. Sol passou um aniversário agradável. Rosário e Nina escreveram a cumprimentando.

Nas férias de julho, Sol avisou o pai que ficaria na casa dele somente uma semana, teria que estudar nas férias. Marcou horário para ir ao dentista. Ficou muito em casa, viu algumas amigas e os irmãos se comportaram.

Foi um alívio voltar para o seu cantinho. Se ela pensava na irmã, na sua geminha, a sentia tranquila e estudando.

"Como eu", pensava, "está estudando".

Optou por estudar na faculdade particular. No feriado, no mês de outubro, Adolfo telefonou a convidando para ir à praia, que passaria lá para pegá-la.

"Ia conhecer o mar quando ocorreu o acidente que mudou tudo", lembrou. "Tudo realmente mudou, e como mudou. Agora vou conhecer o mar sem a minha geminha. Ela gostava do mar."

Arrumou tudo, Adolfo passou para pegá-la, e a família toda foi. Estavam alegres, o hotel em que ficaram era muito bom, ela ficou num quarto, os dois irmãos em outro e o casal numa suíte. Foram à praia, Sol prestou muita atenção para não demonstrar que era a primeira vez que ia à praia. Sentaram-se em cadeiras na areia.

— Sol, você não quer entrar n'água? — perguntou Benício.

— Estou com receio de minha perna fraquejar e eu cair — respondeu a garota.

— Eu e Germânio podemos acompanhá-la — ofereceu-se Benício.

Sol olhou para o pai, que afirmou com a cabeça que ela podia confiar.

— Vamos — aceitou Sol.

Os dois garotos pegaram um em cada braço da irmã e se dirigiram para a água. Adolfo foi junto. Sol se deliciou e ria contente.

— É a Solzinha de antigamente — observou Benício.

— Nem tanto — advertiu ela.

Ficaram os quatro na água pulando as ondas.

— Vamos mais para o fundo — chamou Germânio.

— Vão vocês, meninos — autorizou o pai. — Eu fico com a Sol. Penso que não é bom ir para o fundo, a perna dela pode doer.

Os garotos foram. Adolfo ficou perto da filha.

— Tudo bem, Sol? Você está se adaptando à nova situação?

— Sim, estou.

Sol experimentou a água.

— É salgada mesmo! — riu a mocinha.

Adolfo ficou com ela até que quis sair. Voltando à areia, Danuza comprou sorvetes e nem perguntou o que ela queria, com certeza era o que Sol A gostava.

O passeio de três dias foi agradável, os dois irmãos se comportaram, tudo deu certo. Solange, assim como a outra, gostou demais do mar.

O final do ano chegou. Sol planejou ir para a casa do pai e ficar uma semana antes do Natal, passar as festas do dia vinte e cinco e retornar no dia vinte e oito. O Natal foi bom, Danuza costumava se reunir com a família dela, trocaram presentes.

Sol pegou mais algumas roupas e pediu para Danuza doar as restantes. Pediu também para o pai pegar as joias que a irmã guardava no cofre. Pegou algumas e deixou outras guardadas. Ela as pegaria depois.

Foi um alívio voltar para seu apartamento. Mas todos estavam de férias e suas aulas começariam somente em março. Não queria ficar sem fazer nada, então procurou um trabalho voluntário e o encontrou numa creche onde as mães deixavam os filhos para trabalhar. Foi muito trabalho, mas Solange se sentiu útil e, por essa atividade, decidiu que realmente iria trabalhar com a psicologia para atender crianças.

As aulas se iniciaram, teve de deixar o trabalho voluntário. O apartamento que alugava ficava longe da faculdade. Sol comentou com o pai, ele opinou:

— Solange, compre um apartamento para você morar.

— Estou guardando dinheiro, mas não tenho tudo — contou Solange.

— Eu vou aí para ajudá-la. Posso emprestar o dinheiro para você, descontarei todo mês.

Adolfo foi e a ajudou a comprar um bom apartamento perto da faculdade. Também ele a ajudou a mobiliá-lo. Ficou muito bom. O pai apresentou o que gastara.

— Você disse que gasta essa quantia por mês, manda essa outra e sobra isso; em onze meses você terá me pagado.

Sol ficou contente. Fez dezenove anos. Estava gostando demais do curso. Recebeu de novo a visita da avó e da mãe, dessa vez não as esperou na rodoviária, elas vieram de táxi. Foi prazeroso, mas Sol pediu para que elas evitassem vir.

— Até hoje tudo deu certo. Estou fazendo o que minha irmã me pediu. Deve continuar assim. Vocês estão bem e eu também. Embora eu sinta falta de vocês, saudades, estou bem, estudando e dando o conforto para vovó que eu queria tanto.

As duas entenderam.

Nas férias do meio do ano ficou somente uma semana na casa do pai para ir ao dentista, os irmãos estavam comportados, isso a alegrou, mas deu a desculpa de que ia estudar e, de fato, fez um curso de férias voltado para a psicologia.

Sol comprou um carro, simples e novo, aprendeu a dirigir numa autoescola, recebeu sua habilitação. Agora ficava mais fácil ir para a fisioterapia. Parou com a escola de idiomas, já sabia o suficiente. Não gostava de dirigir, mas para ela era necessário.

Sol às vezes mancava; a perna, principalmente com a mudança de tempo, doía, mas seus dentes ficaram perfeitos e sua boca não doía.

Quando completou vinte e um anos, como sabia que poderia dispor de parte de seus bens, planejou o que queria fazer. Sua avó Rosário desencarnara; Nina telefonou, depois escreveu contando que a mãe passara mal, fora internada, bem tratada pelo plano de saúde e que ela comprara um túmulo. Passou o número de sua conta. Também contou que ela, Nina, e a irmã, Antônia, iam vender a casa de Rosário e dividir o dinheiro e que também o fizeram com o que Rosário tinha na poupança.

Sol foi para a casa do pai, conversou com ele, decidiu vender dois terrenos que estavam alugados e um prédio com oito apartamentos. Com o dinheiro, ela contou para Adolfo que compraria imóveis para a mãe e os irmãos e não mais os ajudaria com dinheiro. Pensou que o pai se oporia porque, com as vendas, a imobiliária ficaria sem esses rendimentos. Mas Adolfo não o fez e se propôs ajudá-la. Os dois irmãos, filhos de Nina, aproveitaram bem o que ela lhes dava. Estudaram e passaram na universidade pública.

Adolfo vendeu o que ela queria rapidamente e a ajudou a comprar na cidade em que Nina morava uma boa casa para a mãe, uma casa e um apartamento para cada um dos irmãos.

Após ter feito isso, Sol informou Nina dessas compras e que não mandaria mais dinheiro para ela.

Nina, na posse da casa, receberia o aluguel e seus filhos teriam renda, mas a mãe não gostou, preferia receber a quantia pomposa da filha. Sol foi firme.

— Senhora Nina — disse Sol pelo telefone — será assim! Agora é isso e acabou. Sua Sol realmente desencarnou. Acabou. Entendeu?

Nina ficou sentida e compreendeu que, naquele momento, perdera de fato a filha. Sol reforçou isso na carta; sempre que escrevia, lia e relia para ter certeza de não deixar nada comprometedor.

"Sol, minha irmãzinha querida, você nos ajudou, e eu os ajudei, e muito, tanto de um lado como de outro. Mas é tempo de parar. Foi minha avó que me criou e eu a amava, fiz tudo o que eu podia para ela. Agora Nina terá o aluguel da casa, que é muito boa, e meus dois irmãos também terão renda. Eles estudam, se formarão, terão uma profissão e penso que eles viverão sem dificuldades financeiras."

Sol ia de vez em quando a um centro espírita que era grande e bonito, ia para assistir à palestra e receber o passe. Lia livros espíritas e foi lendo um desses livros que teve uma ideia: fazer o bem com a herança que recebera. O livro foi *Vinha de luz*, de Emmanuel, psicografado por Francisco Candido Xavier. No item cento e trinta: "Amai-vos: não amemos de palavras, nem de línguas, mas por obras e em verdade", Sol entendeu o que o autor quis ensinar, que a ajuda que devemos fazer ao próximo não determina seleções. Devemos fazer a todos. Não desfavorecer os infelizes, mas ajudar os necessitados. Não conceder privilégios, não auxiliar apenas quem conhecemos e gostamos, mas todos. Não menosprezar os adversários, porque quase sempre encontramos quem nos critica. É preciso amar com obras, porque o Universo é o nosso domicílio, a Humanidade é a nossa família. Devemos nos aproximar dos piores para ajudar e dos melhores para aprender.

Sol também meditou muito na lição do item sessenta e sete do mesmo livro: "quem ama a Deus, ama também seu irmão." O que podemos fazer para ajudar doentes que reclamam remédios e tratamentos? Isso foi o que mais Sol pensou.

Começou a planejar para fazer o que pensava há tempos: cuidar da saúde mental das pessoas, principalmente crianças. Novamente, pediu ajuda para o pai. Vendeu mais alguns imóveis e comprou, num bom lugar, num bairro próspero, uma casa velha com um grande terreno. Adolfo contratou um engenheiro para fazer a planta da clínica como Sol planejava. Foram muitas reuniões, até que ela aprovou.

A construção começou. Sol estava no último ano, fez estágio e o procurou fazer com crianças com problemas. Na universidade pública sempre havia palestras e Sol foi numa porque esta seria voltada à psicologia, foi com colegas. Um orador fez a abertura, ele se chamava Haroldo; falou por uns vinte minutos sobre a importância de estarmos bem conosco e, se não estivéssemos, a ajuda psicológica seria de grande importância.

Sol prestou atenção nele: era claro, cabelos louros, olhos verdes, boca grande e um lindo sorriso.

Solange, nesses anos todos, não se interessou por nenhum rapaz; teve pretendentes, alguns até mais audaciosos, mas realmente não se interessou. Observando Haroldo, ele a olhou e sorriu.

— Quem é esse professor? — Sol perguntou a uma moça que estava ao seu lado, que era aluna da universidade.

— Ele é uma sumidade — a moça respondeu. — Penso que deve ter vinte e seis anos, já fez mestrado, doutorado e dá algumas aulas, mas trabalha no laboratório. É inteligentíssimo e, com tudo isso, é simples.

— É casado? — Sol quis saber.

— Não. Muitas alunas estão interessadas nele. O que eu sei é que ele não namora ninguém. Dizem que até o indagaram sobre isso e ele explicou que não teve e não tem tempo para namorar ou que espera alguém especial.

A palestra começou, Haroldo se sentou na frente e Sol, sentindo-se atraída por ele, estava sempre o olhando. Por duas vezes ele se virou e a olhou. Sorriram. No final, Haroldo recebeu cumprimentos e Sol e amigos ficaram conversando. Ele se aproximou, se apresentou, a olhou, segurou no braço dela, a fez se afastar um pouquinho de seu grupinho e lhe deu um cartão.

— Aqui está meu telefone. Por favor, me telefone!

Ele foi chamado para ir à frente. Haroldo insistiu:

— Telefona? Amanhã à noite?

— Sim — afirmou Sol.

Sol em casa pensou em Haroldo, decidiu telefonar, o fez, conversaram por dez minutos e combinaram de ele vir buscá-la para jantar.

O relacionamento deles foi como um reencontro. Os dois se entenderam. Ela percebeu logo que Haroldo era distraído, amava o que fazia e era muito educado. Sol se interessou, logo passou a gostar dele e, um tempo depois, a amá-lo. Haroldo também sentiu algo parecido, interessou-se por aquela garota de cabelos pretos, longos e muito lisos, delicada, gostou de conversar com ela, era prazeroso sair com alguém e não falar sobre ciência etc. Gostava do assunto, mas necessitava de conversas diferentes. Quando percebeu, já não conseguia ficar sem vê-la, a amava.

Sol se formou; o pai, Danuza e os irmãos vieram e tudo deu certo. A clínica estava quase terminada e, três meses depois, ficou pronta. Sol convidou três colegas, duas moças e um moço, que eram alunos exemplares, e uma professora para trabalhar lá.

Ela compreendeu que não se deve adiar o bem que se pode fazer. O momento de ser útil é o agora, no presente. Ela se formou e tinha tudo para ser útil, mas, se não tivesse dinheiro, teria o conhecimento; se não ganhasse dinheiro com a clínica, poderia atender gratuitamente algumas crianças. Sempre, quando queremos fazer uma boa ação, conseguimos; é somente não deixar as desculpas, justificativas prevalecerem. Realmente o momento de fazer é o presente. O passado já foi e o futuro é incerto. Nada de deixar para depois.

A clínica ficou enorme: oito salas para os profissionais; área de atendimento grande com sofás confortáveis; à frente, cinco vagas para estacionar; do lado direito, uma entrada que rodeava o prédio; e, no fundo, vagas para os veículos dos profissionais e trabalhadores. Do lado direito do atendimento, havia uma área com brinquedos infantis e, do lado esquerdo, lavabos infantis e adultos separados por sexo. Após as salas dos profissionais, no fundo, tinha uma pequena copa e lavabos para os que trabalhavam ali. A proposta para os profissionais fora: não pagariam aluguel da sala, mas teriam de atender cinco crianças gratuitamente. Foi trabalhoso organizar tudo, mas, em dois meses, a clínica estava funcionando, com empregados para a limpeza, atendentes e dois psicólogos para atender pais de filhos com problemas. Logo surgiram outros, todas as salas foram ocupadas e eles estavam contentes; os consultórios eram espaçosos, modernos, e todos tinham o propósito de cumprir o contrato, atender gratuitamente o número certo de crianças que escolas e creches encaminhavam. Sol se realizou. A despesa dela fora grande e ela não teria nenhum rendimento com a clínica, mas, quando começaram a surgir resultados, se alegrou. Era ela quem mais atendia sem cobrar.

"A saúde", concluiu Sol, "se faz necessária. A saúde mental é muito importante. A minha geminha deve estar contente comigo. Sinto isso".

De fato, Sol A estava muito contente com a irmã.

O namoro com Haroldo se firmou, os dois combinavam muito, não discutiam por nada, resolveram se casar. A cerimônia foi simples, apenas a família dela, o pai, a madrasta, os dois irmãos, os pais dele e alguns parentes próximos de Haroldo. Ficaram morando no apartamento dela.

Sol engravidou, alegraram-se. Sol resolveu comprar para eles uma casa num condomínio. Ela pediu para o pai ajudá-la, também pegou as joias que estavam no cofre na casa do pai e as guardou com ela. Resolveu vender dois imóveis e comprou duas casas perto, uma para os pais de Haroldo e outra para ela, o marido e o nenê; os queria perto para ajudá-la e também, os pais dele alugando a casa em que moravam, tinham uma renda extra. A casa que escolheu para morar era térrea, pois ela tinha dificuldade, por muitas vezes, de subir escadas. Sol sabia que Haroldo gostava de jipe, comprou um de presente para ele. Haroldo ganhava bem como professor e pesquisador universitário, era ele quem fazia as despesas da casa, então Sol guardava seus rendimentos.

Haroldo não se interessou nem em saber o que Sol tinha. Ela lhe contou do acidente em que se machucou e que uma amiga desencarnara, que fora um período difícil, em que sofrera. A troca era segredo e deveria continuar sendo. Haroldo não era curioso e continuava distraído, tudo o que Solange fazia, queria, para ele estava certo, de fato ele a amava. Adolfo não falou para ninguém, a outra Sol também era sua filha. Nina não falara e Rosário também não, agora ela estava desencarnada. O segredo permaneceu.

Nasceu o filhinho deles, um lindo menino, louro como o pai, parecido com ele: o Rafael.

Sol diminuiu as consultas, mas estava atenta à clínica, todos os profissionais deveriam seguir as normas.

Dois anos depois, Sol engravidou novamente.

— É uma menina! — exclamou Sol feliz.

— Como sabe? — Haroldo quis entender.

— Eu sei!

De fato, Sol A se preparara, quis retornar ao Plano Físico e continuar seu aprendizado na matéria densa. Amélia prometeu ajudá-la. E ela retornou.

Sol sabia pouco de sua mãe Nina, escreviam-se raramente e não telefonaram mais. Os irmãos se formaram e tinham bons empregos. Nina e Sanderson tinham ainda o bar, mas trabalhavam menos. Eles estavam bem. Adolfo e Danuza também estavam bem; resolveram, após o alerta de Sol, prestar mais atenção na educação dos filhos. Os dois estudaram e trabalhavam com o pai na imobiliária. Sol resolveu não receber nada de herança do pai, comentou isso com ele. O que Adolfo possuía deveria ficar para Benício e Germânio. Mesmo ela tendo vendido muitos imóveis, ainda tinha um bom rendimento.

Haroldo e ela estavam bem.

A gravidez foi tranquila e nasceu a filhinha.

"Sol gostava de abreviar o nome de todos. Não será Solange, chega de Solanges. Será Isa...", decidiu a mãezinha.

Haroldo gostou e a nenezinha se chamou Isa. Sol foi para casa com ela. Haroldo trouxe Rafael para vê-la.

— Veja a sua irmãzinha! Ela é parecida com a mamãe. O cabelo espetado será liso e é preto. Linda como a mamãe. Beije a cabecinha dela.

Rafael beijou, recebeu muitos beijos da mãe, e o pai o levou para tomar água.

"Amo o Rafael, amo Isa. Não farei diferença. É um amor antigo e outro novo. Ambos fortes e benévolos!"

— Isa! — exclamou emocionada.

"Não sei por que", pensou Sol, "as pessoas sofrem tanto com a desencarnação de entes queridos. A ausência pode ser dolorosa. Mas o amor é laço forte, não se desfaz com a ausência física. E nesse vaivém, encarna e desencarna, a vida reaproxima os seres que se amam verdadeiramente. É a minha Solzinha voltando para perto de mim e, nessa volta, terá outros amores, do pai Haroldo e do irmão Rafael. Estamos sempre ampliando nosso leque de afetos. É maravilhoso!".

Ao passar a mão na mãozinha dela, a nenê segurou seu dedo.

— Isso, filhota, segure na mamãe, eu a protegerei sempre. Minha geminha, minha outra Sol, minha irmã e minha filha! Graças eu Lhe dou, Deus Misericordioso! É o amor sempre presente!

# À BEIRA DO CAMINHO

## Vera Lúcia Marinzeck de Carvalho
### Do espírito Antônio Carlos

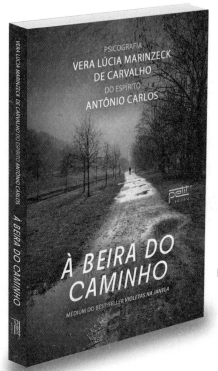

**MÉDIUM DO BEST-SELLER**
***VIOLETAS NA JANELA***

Romance | 15,65 x 23 cm
208 páginas

Durante uma forte chuva, quatro adultos e uma criança buscam abrigo em uma casinha à beira de uma estrada enlameada. Sem se conhecerem, descobrem o dono da casa morto, aparentemente assassinado. Sem ter para onde ir, começam a conversar, compartilhando suas histórias de dificuldades e suspeitando uns dos outros. Quem teria cometido o crime? A chuva cessa, e todos seguem seus caminhos, mas o encontro muda suas vidas profundamente. Anos depois, a pergunta permanece: quem matou o dono da casinha? Um enredo intrigante, repleto de suspense e ensinamentos valiosos!

boanova@boanova.net
www.boanova.net | 17 3531.4444

## Levamos o livro espírita cada vez mais longe!

Av. Porto Ferreira, 1031 | Parque Iracema
CEP 15809-020 | Catanduva-SP

www.**petit**.com.br
www.**boanova**.net

petit@petit.com.br
boanova@boanova.net

17 3531.4444

17 99257.5523

### Siga-nos em nossas redes sociais.

@boanovaed

boanovaeditora

### CURTA, COMENTE, COMPARTILHE E SALVE.
utilize #boanovaeditora

Acesse nossa loja

Fale pelo whatsapp